KB153146

불
맛

이 도서의 국립중앙도서관 출판시도서목록(CIP)은 e-CIP 홈페이지
(http://www.nl.go.kr/ecip)에서 이용하실 수 있습니다.
(CIP제어번호: CIP2009003844)

실천시선

183

불맛

구광렬

실천문학사

차례

제1부

제2부

제3부

제4부

제
1
부

바오밥

열대 아프리카의 나무가
온대의 내 가난한 정원에 뿌릴 내릴까 싶다가

신에 의해 최초로 만들어진 나무
수명이 오천 년이나 된다는 나무를 심는 일은
명주실 한 타래를 위해
끊어진 누에고치에 새삼 숨을 불어넣는 일과
깨져버린 꿈을 잇기 위해 삼가 눈을 감는 일
문드러져 사라져버린 지문을 다시 새기고
흐릿해진 손금에 새로이 먹을 먹이는 일

무엇보다 뵌 적 없는 조상에게
엄숙히 제(祭)를 드리는 일과 흡사하다는 생각이
잠자는 이마에 듣는 빗방울처럼 뚝뚝, 떨어져
오늘 그 바오밥나무 씨앗을 묻기에 이른다

그 씨앗,

찬바람 불고 눈 내리면 동동 얼어붙겠지만
지구의 온난화로 여름이 한 만 년쯤 될,
천 년 그 어느 끝자락 즈음
미이라 내장 속 과일 씨처럼 문득 싹을 틔워
다섯 장 흰 꽃잎 만국기처럼 흔들리고
죽은 쥐 모양의 열매 달랑, 고양이처럼 웃으면

가지보다 더 가지 닮은 나무의 뿌리는
지구별의 한복판을 뚫고 불쑥
반대편 이웃 정원의 나뭇가지로 솟아
남반구 북반구 대척점 사람들
모두 한나무에서 움튼 열매를 나누고
손자의 손자들은 집 한 채 크기 둥치에
대문보다 더 큰 구멍을 내
팔촌, 십이촌 한나무 한가족을 이룰 것이니

지난날, 강 저쪽을 망각해

도강의 꿈을 저버렸던 새 한 마리
뿌리보다 더 뿌리 같은 가지 위에 앉아
그 평화스러운 나눔을 지긋이 바라볼 때

그즈음
이 정원엔 눈이 내려도 좋을 것이다
씨앗을 쥐고 있던 내 손바닥, 화석이 되어도 좋을 것
이다

오, 아프리카

라면을 끓이려 냄비를 찾으니 뚜껑이 없다
부스럭 신문지 한 장을 올린다

신문 속 사람들이 웃고 있다
무얼 보고 웃나
눈동자의 초점을 따라가니
접힌 부분의 뒷면이 궁금하다

뒤집어본다

아이 같은 어른들이,
어른 같은 아이들이
서로를 보며 웃고 있다
하지만 그 웃음
말기 암 환자가 세상을 향해 웃어주는
마지막 웃음 같다

카메라 위치가 이쯤일까

앙상한 손들은 포즈를 취해주고
강냉이 서너 말쯤을 받았으리라
보이지 않는 카메라 뒤엔
밀가루 몇 포대 쌓였으리라

신문지 위에는
라면 몇 가락의 칼로리로 하루를 때울
움푹 파인 얼굴들이
수증기에 젖고 있고
신문지 아래선
밤참까지 먹어야 잠자는 날 위해
통라면 하나, 삶겨진다

뉴욕 브롱크스 동물원
— 오타 벵가를 기리며

1

난, 사람입니다

1904년 콩고 전쟁에서 아내와 애들을 잃고 미국으로
팔려와 관람객들에게 인간이 원숭이로부터 진화해왔다
는 사실을 시청각적으로 보여주기 위해 뉴욕 브롱크스
동물원 원숭이 우리에

갇혀 있을 뿐입니다

백인 아이들이 침을 발라 밀어 넣는 바나나 조각, 치즈
토막, 빵 부스러기들을 페인트 벗겨진 철망 사이에서 빼내
먹곤, 깨진 멜론만 한 엉덩일 숨길 길 없어 둥근 우리 안
을 뱅뱅 돌다 배설하는 모습까지 적나라하게 보여줍니다

잠 역시 원숭이와 함께 자니 원숭이와 사람의 교미 장
면을 특종 삼으려는 기자들이 암놈 원숭이의 붉은 엉덩
이를 수놈인 내가 수시로 탐내주길 바라지만, 그럴 순 없
어요

원숭이보다 더 진화된 동물이어서? 죽은 아내가 떠올

라서? 성욕이 없어서? 사방으로 트인 우리 때문에?

　아닙니다 우린 서로 다르기 때문입니다

　그 후 난, 버지니아 주 린치버그에 있는 한 담배공장으로 옮겨집니다 사다리도 없이 높은 곳을 잘 오를 수 있었으니 50미터가 넘는 굴뚝도 쉽게 청소할 거라 믿었겠죠

　헤어지던 날, 오랑우탄도 침팬지도 한시도 내 품을 떠나지 않으려던 새끼샤망도, 모두 울었습니다 동물 우리가 통째로 쩡쩡거렸습니다

　1916년 내 나이 삼십 대 중반쯤, 굴뚝 청소를 하고 받은 돈으로 권총 한 자루를 샀습니다 열대우림의 정글에서도, 열 평 남짓 원숭이 우리 안에서도 느낄 수 없었던 정글의 법칙을 콘크리트 정글에서 느꼈습니다 이제, 복잡한 머리통에다 새끼손가락만으로도 당길 수 있는 참 간단하고 편리한 인류 문명의 상징인 쇠붙이를 갖다 붙이겠습니다 곧 진화론이 실천적으로 입증되거나 최초로 자살하는 원숭이의 탄생이 기대되는 만큼 까만 손가락을 오므리기

전, 피그미식 종교의식을 성대히 치러야겠지요

　우와우와……
　빔보빔보……!!

　　2

　쾅!

뜻밖에도 자살이 아니네요
아(我)가 아중타(我中他)를 살해한 것이네요
아니,
아중타(我中他)의 공격에 아(我)가 정당방위한 것이네요
아니,
　총을 갖고 놀던 한 마리 침팬지가 총기 사고를 낸 거
네요

아니,

신(神)에게 바쳐질 흑염소 한 마리가 도살됐을 뿐이네요

　세상은 날, 비운의 인간으로 기억하겠지만 오히려 동물
원에서 더 행복했어요 비록 비좁은 곳이었으나 가슴속은
광활한 열대우림이었으며 그들과 나, 우린 결코 서로 다
르지 않음을 온몸으로 느꼈어요

　188?년생, 신장 : 149cm, 체중 : 약 46kg
　척추동물문, 포유강, 영장목, 피그미종

　― 동물들에게 함부로 먹이를 던져주지 마세요.
　　사망할 수도 있어요 ―

메르세데스 소사*

1

지구 반대편 구석에서 노래 한 줄로 깨달았습니다

구석은 세상을 향해 열려 있건만 세상은
구석을 향해 닫혀 있다는 걸

세상 힘든 것들 구석으로 몰리건만
묵묵히 구석은 그 어깨들을 받쳐준다는 걸

수평선에도 구석이 있고
그 면도날 같은 파도의 한 줄 구석에도
등짝을 곧게 펴는 고기들이 산다는 걸

갈대의 울부짖음을,
못에 박힌 빈 바가지의 달가닥거림을,
구석에서 태어난 바람은

입이 꽉 틀어 막힌 것들을 대신해 소릴 내준다는 걸

그 바람 앞에선
작고 낮을수록 더 떳떳할 수 있다는 걸

 2

사람의 목구멍이
골짜기란 걸 알았습니다
물이 흐르고 새가 지저귀고
꽃이 피는

사람의 목소리가
바람이란 걸 알았습니다
물소리, 새소리, 꽃향기를
코, 귀에까지 실어다주는

21

사람들의 삶이
조각조각 퍼즐이란 것도 알았습니다
한 조각만 빠뜨려도
문제를 풀 수 없는

아, 골짜기에서 바람이 불듯
사람의 목구멍에서
노래가 치솟음을 보았습니다

그 노래,
떨어져나간 퍼즐 조각 같은
목숨들을 불러 모아
또 한 번 신(神)의 얼굴로 풀어내는

———————

* 메르세데스 소사(Mercedes Sosa) : 아르헨티아 출신의 저항가수.

마다가스카르

채석장이다 두개골이 유난히 커 보이는 오닉스 색 사람
들이 돌을 깨고 있다

???

지친 몸통을 어디에든 걸고픈지 옷걸이 모양을 하고 있
는 사람들

하루 종일 돌을 깨다 발등이 깨져도 일 달러를 받아 쥐
곤 히죽 웃는다

맞다, 인류 최초의 음악은 비명이었다

대포 속의 비둘기

탄피를 쪼아보던 비둘기,
찢어진 포문(砲門) 속으로

들
　어
　간
　　다

탱크 안에는
신(神)들의 못된 놀이에
투덜대며 죽어간 시체들의
마른 선지피,
그들이 먹다 남은
시레이션 깡통, 썩은 소시지 국물이
들판의 이삭 대신
계곡의 맑은 물 대신
주루룩 죽, 흐르고 있다

쾅

쾅

쾅!

이제 국방색 전차가 새집이다

부리가 빠알간 비둘기

까만 오닉스*

사탕수수 농장에 부려졌던 검둥이로구나
채찍이 혀였던 곳
발가락부터 머리카락까지
핏자국 선명한 몸통, 온통 귀

바다를 떠나온 몽돌처럼, 파도를
그리워하는구나
채찍 같은 파도, 그 금 간 수평선 위를
아슬히 걷던 지느러미 없는 동물,
그 비늘 찬란히 떨어져
카누를 띄우던 물속이 훤해지면
고기들의 집이 보이고
세간들이 보이고
족보가 보이고

네 반은 검둥이를 부려먹던 흰둥이,
노예근성으로 노를 저어야겠네

혈관 속 악어의 나라

피 없인 숨 쉴 수 없는, 걸을 수 없는

너를 보노라면

가져가지 말라는 몽돌을 가져온 듯

쓸쓸하네, 쓸쓸하네

*중남미산 연옥의 한 종류. 공예품을 만드는 데 쓰인다.

신경쇠약

　뉴욕 양키들 입장에서 보면 지구상에서 가장 자유스런 풍경은 파리에서 건너온 자유의 여신상이 질겅질겅 껌 씹는 풍경일 테지만 싱가포르에선 한때 껌을 씹으면 젖은 대나무로 곤장을 맞았다 한다

　그 후 2001년, 우리에게 쇠고기를 팔듯 껌을 팔려는 미국과의 FTA로 의사의 처방전이 있으면 껌을 살 수 있게 되었는데 그것도 치과의의 '건치를 위한' 처방이나 정신과의의 '극도의 신경쇠약' 처방 정도는 돼야 가까스로 껌을 구할 수 있다 한다

　2008년 내 여름은 편치 않다 망막을 스쳐가는 풍경들 죄다 콜록거린다 3일 치 약을 받아보니 마지막 봉지에 약한 알이 적게 들어 있다 의사의 처방이 그러할까 약사가 한 알을 빠뜨렸을까

　열이 서서히 내려가고 가래가 삭아들 무렵 빨래를 맡기

려 바지 주머니를 뒤지는데 노란 알약 한 알이 손가락 사이에 든다 약사도 의사도 아닌, 약간 벌어져 있던 약봉지와 무조건 구겨 넣는 내 손버릇 때문이었다

이제 감기는 다 나았지만 신경쇠약이다 그래, 누구 말대로 생(生)은 단벌 양복바지에 붙은 껌 같은 것 아닌가 바지 주머니에 알약과 함께 쪼그라져 있던 껌을 꺼내 질겅질겅 씹어본다 쉬 약발이 받질 않는다

신경증을 앓는 나무

　뿌리의 무사(無事)를 위해 그루터기를 살피면 삐쭉 마른 가지 위에 앉았던 이방의 텃새들 후루룩 천장 위로 오르고 밤새 잡풀들 침대 난간을 감아 종교재판을 받는 죄수의 손금 같은 잎맥들을 발트 해의 칙칙한 늪지대로부터 걷어 올려야만 한다

　비가 빗금을 그으며 내릴 땐 처마가 짧은 내 작은 방에선 기침 소리가 들린다 침대 모서리를 옮겨도 도굴을 당한 듯 머릿속이 흥건히 젖어와 동전을 던져 앞뒤를 가리고픈 날엔 그 카드 벨 같은 콜록거림, 대기권 속살을 비집고 멀리 고향 어느 별자리쯤 쨍해주길 바란다

　예수의 열세 번째 제자를 만나고 돌아오던 날, 꺼질 듯 말 듯 개척교회 십자가가 바랜 셔츠 아래 문신으로 적히던 날, 보았다 넝쿨 끝에 핀 꽃불 하나, 지구 반 바퀴를 돌고 돌아오던 새벽에도 젖은 발등에서조차 한들거리던 심지

미워할 수 없다 같은 시각, 다른 장소에서의 나의 부재를 못 믿고 후생이 궁금하다며 불속까지 뛰어들려는 내 뿌리

소나 닭이나

사천 년이 지난 지금
닭이 왜 가금(家禽)이 되었는가, 그 실체적 진실은 통닭
의 날개를 뜯다 보면 알 수 있다
'통닭들의 반란'이란 제목의 전단지를 돌리는
○○표 치킨의 버팔로윙이나 골드윙을 배달시켜보면
더 잘 알 수 있다
그 점포의 닭들은 화려한 비상을 꿈꾼다, 날개 부위가
어찌 이리도 쫀득할까
쫀득한 만큼 건실하며, 건실한 만큼 날갯짓이 쉬울 것
이니
언젠간 그 치킨집 하늘 위에선 가창오리 떼처럼 닭들이
군무를 펼칠 것이다

사천 년 전,
자신들의 뿌리를 훤히 꿰차고 있던
자바원인, 베이징원인의 후손들에게
베이징의 적색, 자바의 초록색 들닭들이 찾아갔다

표면적으론 '알이 먼저냐 닭이 먼저냐'는

영구난제에 대한 해답을 구하기 위해서였다지만

이면으론 독수리 등 맹금류로부터 보호받기 위한

일종의 보험계약을 체결하기 위해서였다

노예계약의 전형인지라 원천적 무효였건만

궁박했던 닭들에겐 달리 뾰족한 방법이 없었다

내용인즉, 인간들에게 몸을 통째로 바치되

최소 2년간 삶을 보장받는

소위 몸을 담보로 하는 역모기지론 방식이었다

하지만 머지않아 인간들은 3개월짜리 영계백숙을

팔기 시작했고 젖은 솜털의 병아리가 새록 숨 쉬던

삶은 달걀까지 팔기 시작했다

소도 마찬가지다

호랑이나 사자에게 잡아먹히는 대신 인간과 가축계약
을 맺어

고기와 가죽을 바치고 일정 수명을 보장받는 형태였
건만

칠성호텔 레스토랑에서 가장 딜럭스한 메뉴는

갓 태어난 송아지의 정강이 살을 익힌 '오소 부꼬',

나이프를 대자마자 스르륵 예쁘게 분리되는 '리 드보'
이다

영광스런 무용담을 펼치는 기사의 오른팔 소매에 현출
하는

주 무왕의 초량선(招凉扇) 같은 날개를 지닌 독수리를
보노라면

새들의 날개는 평화로울 때 퇴화된다는 말이 맞는 것
같다

하지만 지하철에서 파는 천 원짜리 중국산 손부채만 한
날개를 파닥이며

또르르 눈알 굴리는 소릴 내는 닭들을 보노라면 그 말
은 틀린 것 같다

위장된 평화였다

삼계탕이 고안된 이래 그 평화는 도시 비둘기의 그것처
럼 상징에만 그쳤다

모이주머니 채우기에 바빴던 닭들에게 알이 먼전지 닭
이 먼전지,

　뭐 그리 중요했겠나

　이면계약이었다, 갱신될 수밖에 없었다

　독수리도, 도둑고양이도, 큰고니의 목까지 휘감아버리
는 터져버린 낚싯줄도

　모두 무섭기 때문이다

　'소처럼 묵묵히 일만 하는 일꾼', '닭의 목을 비틀어도
새벽은 온다' 등

　썩어도 썩히지 않는 말만 번지러이 갖다 붙여온 인간들
에게

　소나 닭들은 꺼질 듯 말 듯, 촛불만을 들진 않을 것이다

목줄

정주영 씨, 소 천 마리를 몰고 삼팔선을 넘던 시절
난 풍산개 강아지 두 마리를 언양 장터에서 샀다
개들 이름을 그 당시 정부의 햇볕정책에 맞춰
남북, 통일이라 지어줬는데 글쎄,
몇 달 안 가 암놈이 죽어버렸다
십 년간 총각 딱지를 못 떼고 있던 통일이에게
어느 날 죽은 남북이 닮은 암캐가 꼬릴 쳐왔다
묵은 고추는 약이 바싹 올라 톡 치면 쫙 흐를 것 같은데
망할 놈의 암캐, 밥통의 사료 알갱이만을 집어 물곤
푸짐한 엉덩이를 빼돌려 2미터 목줄 밖으로 빠져버린다
잡았다 싶으면 빠져버리고, 잡았다 싶으면 빠져버리고
그렇게 암캐 엉덩이는 우리 개의 앞다리에 의해
반질해져갔으며, 우리 개의 눈은 퀭해져갔다
주인으로서, 같은 수컷으로서 울화가 치밀어
암캐 대가리를 콱 잡아 통일이 수청을 들게 하고 싶었
지만,
그깟 똥개 땜에 하는 자존심이,

아니 숫총각 우리 개의 자존심이 허락지 않을 것 같았다
어떻게 할까?
내 마음은 우리 정부 대북 정책만큼이나 흔들렸다

그래, 그 목줄 2미터는 한계 이상이었다
우주비행사의 생명줄 같은 것이었지만
이제 반지름 2미터의 반질한 반원 속에서도
쑥과 냉이가 솟구쳐 오르니

제
2
부

반신욕

한 사내, 탕 안에서 신문을 읽는다
난, 가만히 옆에 앉는다

사내의 체관을 통해
신문의 글자들이 녹아내린다
ㄱㄴㄷ abc
난, 뱃살 주위로 떠밀려 오는
자모와 알파벳들을 밀쳐낸다

사내의 얼굴에선 새싹이 돋아나고
다리에선 울퉁불퉁 뿌리혹들이 생긴다
난 나무가 다 돼가는 사내와
물그림자만큼 거리를 둔다

탕 위엔
풀어지지 못한 글자들이
막 부어놓은 우유 속 시리얼처럼 사각거리고

탕 밑에선
지구촌 함성들이 스멀 수증기로 피어오른다

마침내 그 사내, 키득거리며 접혔던 면을 펴자
표백된 스포츠 란에서 골프공 하나 떨어지고
이제 막 맹그로브나무로 완성된 사내의 몸통 사이로
파도가 철썩 인다

그즈음 글자 부스러기로 땀샘이 막혀버린 난,
사해(死海)로부터 빠져나와야만 한다

돼지머리

고사상 위 돼지머리, 웃는 얼굴을 위해 사후강직 전 주 둥이에 물리는 재갈이 삐뚤이 물렸는지 한쪽으로만 입을 실룩대고 눈에 꽂는 이쑤시개가 한쪽 눈에는 빠뜨려져 삶겼는지 배시시 짝눈으로 웃고 있다

그 웃음, 치켜진 입에다 지폐 몇 장을 끼우니, 쓴웃음 이다.

탈의실에서

점퍼를 벗다가 소매 하나를 남긴 채
멈춘다
TV 속 연쇄살인범이 모자를 눌러쓰고
마네킹의 목에 칼을 대고 있다
셔츠의 단추를 풀다가
멈춘다
국회에서 난투극이 벌어지고
눈덩이가 벌겋게 된 여성 국회의원이
뛰쳐나온다
러닝셔츠를 벗으려다
멈춘다
농성하던 철거민들이 시체로 실려 나간다
바지를 내리려다
멈춘다
노숙자끼리 잠자리를 놓고 싸우다가
고참이 신참을 죽인다
팬티를 내리려다

멈춘다

여중생들이 집단으로 성매매를 한다

엄지에 구멍 난 양말을 벗으려다

멈춘다

내 차 기름인 경유가 두 배로 뛸 거란다

발가벗은 채

멈춘다

눈밭에서 외투를 껴입은 리포터가

외출을 자제하고, 차바퀴에 체인을 감으란다

마트로시카

내 몸속엔 인력시장이 있다
최근의 경기를 반영하듯
뇌나 혀 등은 인기가 없고
3D 업종에 강한 팔다리가 인기다
그중 포스가 약(弱)한 장기들은 스스로를
한 번 뛰고 하루 사는 메뚜기라 칭한다
하지만 내 몸속은 고요의 들판이 아니라
붙잡고 늘어져야만 사는 야단의 덤불이다
하루 운 좋게 팔려가는 것들은
기분 좋은 웃음을 터뜨리지만
그렇지 않은 것들은
대폿집에서 신 김치에 강소주를 들이켠 후
털레털레 돌아와야만 한다
언젠가 팔다리만 제주로 보낸 적이 있으며
혀 빼고 전 장기를 멀리 잉카까지 부친 적도 있다
하지만 내 몸통은
밟히고 밟히면서도 꽃을 피우려는

마구발방하는 박주가리다
그 열매 속엔 마트로시카처럼
또 다른 인력시장이 숨어 있다

돼지국밥을 먹으며

왜, 이리 미안할까
술에 전 내 창자를 풀기 위해
네 창자를 씹는 일이.
전생엔 너도 빈창자를 채우기 위해
서울역 앞 무료 국밥집을 어슬렁거렸을지도.
국밥 국물의 온기가 스러져갈 즈음
을지로입구역 칼바람을 끝내 못 이겨
빳빳 송장이 돼버렸을지도.
아름다워라,
잡아먹히기 위해 게걸스러웠던 네 영혼,
네 배 속은 죽어서까지 꽉 차 있구나
도시는 사람들을 꿀걱 삼키곤
순대처럼 게워놓지
도마 같은 지하철역은
푸욱 삶긴 이들을 쓰윽 썰어
반대편 출구 쪽으로 던져버리지
난 그중 3번 출구로 퇴출되었던 너에게

순가락질을 하고 있는 건지도 몰라
아니야, 난 내 전생을 씹고 있을 거야
난 전생에 네 먹이였던 서울식당들 잔반 속
한 가닥 비틀어진 콩나물, 물러터진 양파,
물기 빠진 숙주, 섬진강 모랫바닥을 파고들던
한 마리 재첩이었을 거야

생선

동굴 같은 입속으로 생선 토막 가져간다
생선의 살점이 나의 살점이 되면
피부에선 바다 냄새 피어나고
목에선 살점의 살점이었던
해초나 작은 고기들이 살랑거려
간지럼 잘 타는 난, 양수 속 태아처럼
꼬리뼈를 흔들며 또 물 없는 뭍을 방황하겠지만,
살점은 이동하는 것이다
어제 네 살점은
오늘 내 살점이 되고
오늘 내 살점은
내일, 또 다른 살점의 살점이 되니
먹은 만큼 먹힘으로써만 갚게 되는 빚
생선은 너덜너덜 걸레가 되면서까지
빌려준 적도 없는 그 빚을
한 입 두 입 나에게 갚고 있다
난, 젓가락으로 뻔뻔스레 대가리와 꽁지,

가시와 등뼈를 영수증으로 남기고

신도림역

꾸부정 할아버지, 꼬부랑 할머니께 길 가르쳐준다
할머니, 고맙다 인사하는 게 보이고
할아버지, 맞게 가나 뒤뚱, 할머니 가는 길 쭈욱 살펴
보고
대학로소극장 단막극 관람하듯 난 그 광경을 지켜보고
보는 게 뭘까? 한 아저씨 내 시선을 궁금해하고
또 다른 아저씨, 그 아저씨 머리 너머 두리번거리고
한 아줌마 까치발로 앞 아저씨 머릴 피해 갸우뚱거리고
할머니 사라지고, 할아버지 뒤돌아서고
난 반사적으로 고갤 돌려 뒷사람을 쳐다보고
뒷사람, 뒤의 뒷사람을 쳐다보고
나 움직이고, 뒷사람 움직이고, 뒤의 뒷사람 움직이고
줄 선 개미들 입 맞추며 교신을 하듯, 모두 다
―무슨 일이여?
―몰라유…… 글씨, 소매치기라도 당했는가비……
―불났나?
―아닐 것이구만…… 불났으면 버얼써 난리 났지요

오……

　―그을씨 모른당께요…… 앞앞 사람들이 잘 알 텐
디……

　마침내 내 바로 뒤 아저씨,

　―무슨 일이덩교?

……

　바닥에 떨어진 빨다 만 사탕을 집게손가락으로 번쩍 들
자,

　비뚤비뚤, 이내 흐트러져버리는 줄개미들처럼

　뒷사람 풀어지고, 뒤의 뒷사람 풀어지고

　풀어졌다 조여지고, 그렇게 환승 내지 환생하는

부의(賻儀)

편지 봉투와 돈 봉투 크기 같음을 친구 놈 죽고서 안다
그 시절 우리 편지 대신 눅눅한 지폐를 밀어 넣는 내 손바
닥이 그 크기 같음에 소스라친 것이다

마술 같은 인생이다 봉투를 여는 내 입김 여전히 뜨거
운데 나 몰래 깊이 파인 손금의 손바닥은 싸늘한 네 입술
같은 지폐 몇 장을 애간장 태우던 지난 편지 대신 집어넣
고 있다

무작정 마시고 돈 없어 시계 잡히던 그 옛날 막걸리 됫
박값 종이돈이 오늘에사 답장도 못 받아볼 글 없고 끝없
는 편지가 된다

좋겠다

지금 모니터에서 깜빡거리는 11포인트 이 신명조체 활자들은

훗날 시집(詩集) 속에서 부화되어, 스르륵 날았으면 좋겠다

예컨대 '가'자는 단양 고수동굴 근처에 산다는

내가 버렸던 그 크로마뇽녀의 쇄골을 스쳐가도 좋겠고

'나'자는 파타고니아 고원의 산양 중 제일 망나니인

엘 카브론의 엉덩이에 차알싹 붙어도 좋겠다

시장 바닥을 돌아다니다 멱살을 붙잡거나, 붙잡혀도 좋겠고

흰이마기러기 따라 시베리아로 날다가

깊고도 검은 바다에 후두둑 떨어져도 좋겠다

훗날 그 시집 다시 펼쳤을 때 글자들은 죄다 빠져버리고

듬성듬성 고둥딱지 같은 마침표들, 유유하다면 더

강아지와 점쟁이

황량한 주변에 인적 드문 곳에
그 뉘 점(占) 보러 오겠나 생각지만
철 지난 바닷가에서 추위보다 더한
송곳 외로움에 떨다 보면
또 누군가가 한없이 그리워지고
까만 눈동자에 푸른 물이 들도록
깊은 바다를 파고들다 보면
그 누군가는
또 다른 자신이어도 좋겠다는 생각이
희뿌연 잿물거품으로 일어나
비우고 싶어, 비우고 싶어 화장실을 찾는데
바로 그 모퉁이에 점쟁이가
강아지 한 마리와 적막히 앉아 있다면
어떻겠는가

거기에 점쟁이 왈,
자살하러 바다로 뛰어들려던 한 여자

사주 관상을 본 후 벗어놓은 신발을 다시 신고
복채로 핸드백째 던져주고 갔으며
또 그 강아지 왈왈 짖으며,
젖이 퉁퉁 부은 어미 개를 위해
바람 부는 모래사장에서 쓸쓸히 밀려온 미역을
채 숫지도 않은 젖니로
한 바구니 가득 뜯어놓았노라면
그 또한 어떻겠는가

유랑가족

엄마를 닮아 엄지발가락이 큰 은지는 양말의 엄지 부분
에 제일 먼저 구멍을 낸다 공사장에서 한쪽 팔을 잃고 허
리를 다친 아빠는 순댓빛 입술에 차가운 바늘을 물고 그
유전된 구멍을 질긴 나일론실로 메워주고 싶지만 사팔뜨
기 눈으로 몇 번을 쑤셔도 뜨거운 침이 발린 실은 미끌미
끌 바늘귀를 스쳐가기만 한다

자장면이 배달되고 한쪽 양말로 뛰놀던 은지가 돌아오
고 까만 국물이 뺨까지 올라와 얼굴 위로 파리들이 왱왱
거릴 즈음, 아빠는 조심스레 콘돔 하나를 꺼낸다

은지는 아빠가 불어준 풍선을 들고 논두렁엘 간다 뒤뚱
거리는 살색 풍선엔 뽀송한 나비들이 다닥다닥 붙는다

2

　매상이라야 고물 봉고차 기름 넣고 자장면 시켜 먹으면
동전 몇 닢 달랑거리지만 집과 직장, 자가용이 해결되니
불만은 없다 우직하던 해가 빠지고 가로등에 하루살이들
붙고 국도변 러브호텔에 휘황찬란 불 들어오면, 은지는
바람 빠진 풍선을 홱 던져버리고 2인승 양철지붕 밑으로
기어든다

　조수석의 은지가 위인전의 성인과 성인용품에서의 성
인의 차이를 물어오는 날엔 운전석의 아빠는 은지가 그
냥 다섯 살 철부지로 남았으면 하지만, 엄마를 보고 싶어
할 때마다 불어주는 풍선을 몇 개씩이나 불어줘야 하는
날엔 하루바삐 성인이 되었으면 한다

　달보다 더 밝은 가로등불 아래 은지는 쫓아다니며 먹이
는 자장면 서너 젓가락만큼이나 더디게 자라고, 집다가

만 양말 한쪽은 바느질 몇 땀을 남겨놓고 아빠의 입속에
서 축축해져만 간다

제
3
부

누나

다섯 살 때였다

갑자기 배가 불러오더니 쥐어짜듯 아팠다

집에는 초등학교 5학년이었던 누나밖에 없었다

개업한 지 얼마 안 된 동네 의원을 찾았다

젊은 의사는 돈이 없다는 소리에 돈까지 빌려주면서

황급히 엑스레이부터 찍어오라 했다

당시 대구에는 엑스레이를 찍는 곳이 딱 한 군데였다

돈 벌러 시장 바닥에 나가고 없었던 어머니 성씨에다

맹호부대 용사였던 둘째 형 이름,

그 박성렬 엑스레이 의원 앞에서 난, 열두 살 누나 등에 업혀

긴 줄을 서야만 했다

줄은 꼬다 만 새끼줄 같았지만 문밖까지 엮여 있었으며

구불텅 막혀버린 내 창자처럼 불룩거렸다

배에 가스가 차 숨이 막혀 누나더러 나가자 했다

밖으로 나와선 와들 체온이 떨어져 들어가자 했다

안으로 들어가면 나가자 했고, 밖으로 나가면 들어가자

했다

　급하다, 죽는다, 먼저 좀 찍으면 안 되겠느냐

　줄을 삐뚤이 서 있던 어른들은 거짓말조차 참말처럼 잘
했건만

　수줍음을 잘 타던 누이는

　어린 날 둘러업고 의원 문만 신발이 닳도록 들락날락거
렸다

　그렇게 두 시간 뒤,

　사진은 찍었지만, 난 이미 그늘돌쩌귀꽃처럼 파래져 있
었다

　누나는 한 손에 필름을 감아쥐곤 뛰기 시작했다

　발걸음, 걸음마다 내 혼이 하늘에 가 닿는 듯했다

　젊은 의사는 자신이 없었던지 의사 친구 셋을 불러놓고
있었다

　석션 펌프마저 못 구해, 내 빵빵해진 밥통은 냉차 뽑는
호스를 통해

　쪼르륵 비워져나갔다

내 나이 열둘, 열아홉 누나는 시집을 갔다

버스가 다니지 않던 누나 집엘 가려면 택시를 타야만
했다

택시미터 찰카닥거리는 소리에 조마조마 300원어치만
타고 걷던 때때언덕,

그날처럼 숨이 차올랐다

5분만 늦었어도 죽었을 거라던 의사의 말이 떠올랐다

헉헉거리며 상봉했던 누나의 등 뒤엔 좁다랗고도 긴 골
목이 나 있었다

그 어두운 골목 끝에는 옛날의 나 대신 어린 조카가 떨
고 있었다

급하다고, 죽겠다고, 못 살겠다는 말이 거짓말처럼 나
올 법도 했지만

5분을 기다려도, 10분을 기다려도, 누나는 돌도 안 지
난 애를 둘러업곤

좁은 문지방의 개탕만을 넘나들고 있었다

그날도 집에는 어른들이 없었다
그 옛날처럼 누나는 막 초등학교 5학년이었으며
그녀의 밥통은 휑하니 비울 것이 없었다

성묘 날, 봉분

목욕탕에서 본 엄니의 젖들은
보통 아줌마의 그것보다 배나 컸지만
열 중 아홉 번째인 난, 빈 젖을 물어야만 했다
그 붉은 젖꼭지들이 지독히도 사랑스러워
눈꺼풀 사이로 집어넣다 뺨을 후려 맞기도 해,
생글거리던 내 눈들은 서러움에, 아픔에 이내 젖어버
렸다

당신 지갑에서 돈 훔쳐 눈깔사탕 사 먹던 그날 같은
오늘,
세상에서 가장 나쁜 아이라고 자책하던 그날 같은
오늘,
당신의 마른 젖꼭지가 내 텅 빈 눈망울에 입맞춤하고
있다

67

마지막 김치

돌아가실 무렵 어머닌
김치에다 빵가루를 집어넣으셨다
맛보라고 웃으시며 한입 건네는
그녀의 쭈글쭈글한 흙색 손에는
결코 절여질 수 없었던 부추가 뫼 잔디처럼 파릇했고
반쯤 열린 관 뚜껑 같은 눈두덩엔
실핏줄이 가뭄처럼 끊겨 있었다
당신이 해주시는 음식을 아들이 제일 좋아한다고
굳게 믿고 계시던 어머니를 위해
난 빌었다
'혀야, 고춧가루란다 빵가루가 아니란다'
하지만 빵가루인지 내 혀인지 둘 중 하나는
잔인하도록 정직했다
평소 거짓말을 잘하던 내 입 역시
새삼 솔직했으며
순간 일그러진 내 초상은
설탕도 맵다고 하시던 어머니의 갈라진 입술을

풍(風)이 찾아온 양 파르르 떨게 만들었다
마지막 김치였다

흙맛

오밤중에 아버지 생고구마를 드셨네
깎아 드시지 않고
손바닥으로 쭈욱 훑으며 드셨네
늙은 쥐 한 마리 부실한 이빨로
천장 각목을 부질없이 쏠아대듯

해가 떠오르고
축축한 베갯잇에 흙가루가 뿌려졌었네
노릿한 속살보단 흙이 간처럼 배어 있던
붉은 껍질에 굴풋해하셨네

불면의 밤에, 만물을 영면시킨다는
흙을 드셨네
스페인 침략자들의 손에 열쇠가 쥐여지자
눈꺼풀을 닫지 못해 흙을 집어 먹던
남미 아라우카의 인디언 추장처럼

아, 흙들이 길을 내줬네

달콤한 잠을 벼리시던 당신을 위해

오도독오도독, 군침이 맴도는 황토 오솔길

불맛

어머닌 불맛을 안다고 하셨다
불간이 잘 배어야 음식은 맛있는 법이라며
여린 불, 센 불
소금 대신 불구멍으로 간을 맞추셨다
이 모두,
벼락에 구워진 들소의 안창살을 맛봤다던
네안데르탈인을 닮았던 아버지 때문이었다
하지만 아버지 돌아가신 후,
우리 집 음식은 갈수록 더 뜨거워져만 갔다
미각과 온각을 혼동하고 계시던 어머닌,
입천장이 홀러덩 벗겨지는 펄펄 끓는 곰국까지
싱겁다고 하셨다
그랬다, 그즈음 당신 배 속의 불길은
활활 요원(燎原)으로 번지고도 남음이 있었다
안방에서 속살 타는 냄새, 행랑까지 새 나왔으며
습습한 날 그 냄샌, 낮은 개나리담장을 타고
삽짝을 나섰다

그랬다, 그즈음 어머닌 간고등어보다 더 짤 것 같던
당신 속살마저 싱거워하셨다

최무룡

어머닌, 사진만 보고 결혼하셨다
시집이라고 와보니 솥엔 구멍이 나 있고
양은 주걱은 닳아 자루까지 닳았으며
숟가락은 없고, 나뭇가지를 분질러 만든
짝 모를 젓가락들만 내동댕이쳐져 있었다
장사 밑천을 꿔보려 친정을 찾았다
출가외인이라는 말 한 마디에
돌아오는 그림자에 숭숭 바람이 빠졌으나
그즈음 아버진,
쌈짓돈까지 투전판에서 날리고 있었다
똥장군도 지시고 식모살이도 하시고
팔도를 돌며 봇짐장수도 하셨는데,
들어오는 돈만큼이나 자식들이 나왔다
뒷간에서 힘을 주시다 만삭인 몸에서
툭! 애기가 떨어지기도 했다
내 나이 예닐곱쯤이었다
아버지 바람을 피우기 시작했다

바람이란 본시 오래 머물지 않고 휘리릭 스쳐가건만
당신의 바람은 무에 든 바람처럼
한없이 칼로 도려내야 할 심지 있는 것이었다
어느 보름, 그냥 보름이 아니라
한 달에 한 번 우리 어머니 시장이 쉬던 보름,
극장엘 갔다
어른 영화를 칭얼대지 않고 봐줘서인지
점심으로 내가 좋아하는 자장면을 사주셨다
난 군만두까지 사주신다면
한 프로를 더 봐줄 수 있다 했다
우린 손을 잡고 길 건너 또 다른 극장엘 갔다
그날 당신께선 그 옛날,
중신애비가 건네주던 남정네 사진들을 들여다보듯
세 편의 영화를 보셨다. 김승호, 김진규, 최무룡……
돌아오던 길,
마지막 영화의 마지막 장면처럼
들녘은 곱게 물들어 있었다

탱자나무 가시들 사이

새초롬한 사과밭을 지날 무렵 당신,

수줍음을 잘 타시던 그 시절,

성내 두부공장 박 씨 맏딸로 돌아와 계셨다

제삿밥

집에선 제사를 자정 무렵 지낸다 제삿밥을 좋아하건만 잠을 못 참는 난, 제시간에 먹어본 적이 없다 눈보라 치는 어느 밤, 제삿밥보다 어머니가 더 고파 눈을 뜨며 기다린다 말로만 듣던 통금 사이렌이 울리고 대청의 괘종시계 바늘들이 하나, 둘 겹치고 어머닌 아슬아슬 그림자를 자르고 들어오신다

동동 구루무 냄새가 방 안을 채우기 시작하고, 저고리 고름이 풀리고, 젖무덤이 열리고, 살점들이 발리고 또 발리고

제삿밥보다 더 맛있는 당신을 이틀에 걸쳐 먹을 수 있는 운 좋은 날이건만 다 뜯어 먹히고 뼈다귀만 남은 당신의 굽은 등 속 얼음들, 따뜻한 아랫목에서도 쉬 녹질 않는다

아버지의 입김

아버진, 도장밥 없이도 인감을 자알 찍으셨다
훅 부는 입김에 지난날 인주 찌꺼기가 살살 녹아
당신의 이름 석 자 요술처럼 그려지면
마치 실험에 성공한 연금술사처럼 흡족한
웃음을 지으셨다
열 마지기 정구지밭을 팔 때도 그랬고
살던 집에 신작로가 날 때도 그랬다
도무지 붉은색이라곤 찾아볼 수 없었던 뿔도장도
이 방 저 방 막 굴러다니던 새까만 나무도장도
후후,
아버지의 입김 앞에선 모두 다 생피를 흘렸었다
어머니 시집오실 때도 그랬고 이복형제들이 호적에
오를 때도 그랬다
늘 굳게 닫힌 지갑이 어머니 쌈지에 있었다면
늘 뚜껑 달아난 도장이 아버지 주머니에 있었다

후후,

막걸리 냄새 가시질 않던

당신의 입김, 정말이지 회대의 도장밥이었다

어머니의 별자리

해가 뉘엿 질 무렵, 등을 간지러워하신다 태양인 체질인 당신의 크고 둥근 등엔 사마귀, 검은 점, 뾰루지들이 짓눌린 팥알이나 검은 깨처럼 박혀 있어 손가락으로 연결해보면 무슨 별자리 모양이 돼, 읽다 보면 그 간지러움 점성술로 풀릴 듯하다

굵직한 사마귀들, 어머니 고향의 강바닥을 긁던 재첩만한 내 손톱들을 스칠 때면 당신의 평생 외로움이 간지러움이 된 것 같기도. 다닥다닥 어깨선 너머 뿌려진 주근깨들을 여름 밤하늘 은하수 바라보듯 훑다 보면 넌즉했던 남편 몰래 피부 깊숙이 간직했던 몸속 멀어져간 또 다른 별자리에 대한 꿈이 간지러움이 된 것 같기도

종시엔 깃털 빠진 날갯짓으로 석양 너머 가셨지만 염중에 보여주신 당신의 등 뒤 별자리들, 당신의 그 둥그스레한 천체에서 저물 줄 몰랐다

내 마음의 MP3

우리 집엔 대대로 내려오는 가보라도 되는 양,
대청마루 정중앙에 쌀 한 가마니 거뜬 들어갈
뒤주 모양의 전축이 놓여 있었다

"쇼우 소우 소조지……
라키 싱가이 꼬이꼬이꼬이……"

선친께서 좋아하시던 일본 노래였지만
아침에 듣던 그 소린,
막 알을 낳은 뒤 하늘 높이 울대를 쳐들던
암탉 소리와 구분이 안 갔으며
해질 녘 듣던 그 소린,
앞집에 살던 술주정뱅이 갑식이 김상이
누런 가래를 뱉으며
시부렁대던 욕지거리와 비슷했다

누구? 무슨 소리?

무구했던 내 호기심은 열일곱 터울이 진
맏형의 장난기를 발동시켰다

"난쟁이들이 노래를 부르는 거야"

그날 이후부터 난
혼자 버려져도 심심치 않았다
전축은 이미 난쟁이들이 빼꼭 모여 살던
걸리버 여행기의 소인국이었으며
난 그 소인국 탐험에 나설 바로 그 걸리버였다

앞마당이 감꽃들로 화사하던 어느 날,
어렵게 몸을 비틀고 구부려
뒤 뚜껑, 동전 모양의 환기통을 들여다보는 순간
내 작은 심장은 멎고 말았다
정말 난쟁이들이 상기된 얼굴로
줄지어 노래를 부르고 있었던 것이다

달 표면을 디뎠던 암스트롱의 첫발이
그러했을까
한쪽 나사 풀어진 뒤판 사이로
팔뚝 하나를 집어넣은 채 낑낑 합판을 제치려는데
꽈당, 통째로 넘어가버렸다

반백 년이 지난 지금, 그 난쟁이들은
여전히 큰형 집에서 머물고 있다
다시 무대에 오를 수 있을 날을 기다리며
착하고도 가지런히 줄지어 있는 것이다
언제 그 무대 다시 열리면
손바닥이 화끈거리도록 박수라도 쳐줘야겠다

제
4
부

간(間)

누군가 이 시의 첫 행을 읽기 시작하고
난 손에 팝콘과 콜라를 들고 영화관엘 간다
누군가 이 시의 세 번째 행을 읽기 시작하고
난 스크린 속으로 뛰어들어
배우 K의 머리채를 낚아챈다
누군가 이 시의 여섯 번째 행을 읽기 시작하고
난 그를 관객석에 눕힌 뒤
다시 스크린 속으로 뛰어들어 주인공이 된다
누군가 이 시의 아홉 번째 행을 읽기 시작하고
난 그 영화를 처음부터 감독한다
누군가 이 시의 열한 번째 행을 읽기 시작하고
난 그 영화를 재상영한다
누군가 이 시의 행 수를 결벽증적으로 세기 시작하고
난 대충 팝콘 몇 알을 입에다 툭 털어 넣는다

누군가는 결국 이 시를 확 찢어버리고 싶어하고
난 쑤시는 방광을 안고 화장실엘 간다

간(間) 3

보름 전
한 사내가 열차에서 떨어져 자살하는 꿈을 꿀 것이다
열흘 전
그 사내의 등 뒤에 푸른 손이 어른거리는 꿈을 꿀 것이다
일주일 전
그 손이 그 사내를 밀어버리는 꿈을 꿀 것이다
삼 일 전
어렴풋, 그 손 주인의 얼굴이 서서히 드러나는 꿈을 꿀
것이다
이틀 전
그 얼굴 자리에 내 얼굴이 클로즈업되는 꿈을 꿀 것이다

오늘은
내가 열차를 타는 꿈을 꾸었다
내일은
그 사내도 열차를 타는 꿈을 꾸었다
일주일 뒤엔

나의 등 뒤에 하얀 손이 어른거리는 꿈을 꾸었다

보름 뒤엔

그 사내, 열차 칸에서 나를 밀려다 자기가 떨어지는 꿈
을 꾸었다

한 달쯤 뒤엔

남영동에서 일본인 주방장이 고향에서 들여온다는 가
스미즈를

시체인 사내와 함께 들이켜는 꿈을 꾸었다

간(間) 5

지난밤 술이 과했다

옆에서 쿨쿨 자고 있는 원숭이를 깨워 몇몇 주의사항을
일러준 뒤 대리 출근시킨다

도심의 빌딩숲을 정글처럼 헤쳐나가는 그는 상상 외로
빠른 출근을 한다 게다가 평소 냉담한 직장 상사들까지
그의 곡예에 탄복한 나머지 바나나를 자루째 던져주기도
한다

구내식당에서 밥을 먹고 후식으로 뒷산에서 산딸기를
따 먹었으며 저녁엔 보신탕을 안주로 폭탄주, 거기에 나
도 못해본 연애까지 하는 등, 대리 출근은 성공적이다

자동차 머플러 소리는 왜 말이 아닐까 이륜차와 사륜차
의 차이는 두 발과 네 발 차이 이상일까 차 밑에 새끼를
낳았던 도둑고양이는 여전히 집이 돌아오길 기다릴까

말똥말똥 잠을 못 이루는 그에게 자장가를 들려준다 잘
자라 내 원숭이, 잘 자라— 해가 솟고 요구르트가 캥거루

주머니 같은 통 속으로 쑤욱 기어들 때까지

　오늘 퍽이나 진화론적 실존주의자였던 그의 손에 뭔가
쥐여져 있다 그 뭔가는 원시 조상들이 피로써 술을 담글
때 쓰던 거름종이 같은 것이며, 그것으로 그는 엉덩이의
주홍색을 박박 지우려 했나 보다

간(間) 6

겨우 눈썹 부분을 읽고 있는걸요

골고다 언덕 아래에서
중세의 비밀스런 정원에서
뿌리가 하늘로 치솟는 벵골보리수나무…… 어디서든
읽혀요

지금까지 당신은 안부만을 물어와요

잘 있어요
아니 잘 있어야겠지요
아니, 잘 못 있어도
잘 있다 해야겠지요
오뚝한 콧날
도톰한 입술
봉긋 젖가슴
꼼지락, 발가락을 읽을 즈음

내 머린 성성해져 있을 거예요

뒷장을 넘기기가 두려워요

푹푹 빠져드는 행간엔
길 잃은 사슴 한 마리
동토에 잿빛 코를 처박고
성에가 뒤덮인 회중시계 바늘들
어느 해 어느 날을 못 넘기고
쩌억 벌어진 채 서버렸어요

뒷문을 열어드릴게요

당신의 눈썹 끝자락을 읽을 즈음
새 한 마리 전선을 비껴가요
대각선을 그으며 꼭짓점을 만드는 새,
쉬 초점을 찍질 못해요

간밤에 수사 몇이서 약병을 들고
비밀의 정원 한켠, 분수대를 지나갔대요
영문도 모른 채 내 운명이 바뀌어졌으면 해요
언제 읽게 될지 모를 본문,
몰래 고쳐버릴 순 없나요

언제 답장을 드릴 수 있을까요

정원의 새들은 같은 목청으로 노래하고
봄여름가을겨울, 사계도 순서를 잊질 않건만
마지막 장을 들칠 즈음 우린 이별을 했을까요
오로지 세상에서 가장 긴 편지를 부친 당신은
비행기에 오르자 가장 짧은 선이 되었구요
세상에서 가장 무거운 편지를 배달한 집배원은
싱싱, 자전거페달을 가장 가볍게 밟았을 뿐이에요

간(間) 7

눈을 감는다 눈 속 바다가 열린다 상어, 도미, 갈치, 곰
치, 갖은 물고기들이 동공 자락에 부딪힌다 그중 한 마리,
불쑥 눈꺼풀 밖으로 머릴 내밀다 태양에 지느러미를 태
우고 바람에 비늘이 벗겨진다

만조(滿潮)가 되자, 삐죽 새 나온 바닷물에 길지 않은 내
속눈썹, 수초인 양 잠겨버린다

간(間) 11

창밖에 진눈깨비 내린다

친구의 가슴에선 기름이 바닥나가는 원동기 소리 들린
다 차가운 스테인리스 줄이 꺼져가는 그의 맥박을 덮을
듯해 난 손목시계를 풀어주려 한다 괜찮다…… 한다 친
구는 빨간 눈을 시계 자판에서 떼질 못한다

진눈깨비가 눈으로 바뀐다

친구는 시간을 토막 낸다 오백 원어치 돼지곱창을 양배
추잎과 볶으며 사람의 내장값이 최소 그 열 배는 돼주길
바라던 그가 값도 매길 수 없을 이승에서의 마지막 시간
의 모타리를 나에게 건넨다
째깍째깍 우린 시간을 시에서 분, 분에서 초, 초에서 찰
나로 얇게 저민다 동대문구 창신동 숨차던 언덕길에 뿌
려졌던 연탄재, 그 연탄재 위에 나폴거리던 눈송이들이
사뿐, 총 맞은 어린 새의 깃털처럼 쌓여가면 우린 세상에

서 가장 험한 산맥의 설인이 되어 쿵쿵, 발자국마다 고드름을 꽂으며 수도 서울을 방황했었다 어디로 갈 것인가 해발 170센티미터 남짓 봉우리에서 내려다본 도심, 툰드라였다 목구멍에선 냉기가 치솟고 구역 정리가 안 된 내장, 재개발딱지 같은 신장, 146번 종점 같은 우리 심장엔 만년설이 쌓이고 있었다

　　그의 고물 시계는 여전히 씩씩하다

　　12시 방향쯤 우리의 눈망울들이 다시 만나고 홍채에 저장되어 있던 삼십 년 공백의 세월이 서로의 가슴에 다운로드되기 시작하자 작업 손실을 막기 위해 전원을 공급하라는 메시지창이 떠오른다

　　창밖에 눈이 그쳤다

간(間) 13

다리가 길어
머리가 하늘에 닿는 새.
큰곰자리, 작은곰자리, 기린자리
발을 멈추면 쿵쿵쿵,
별자리와 충돌할 새.
날 필요 없지만
긴 다릴 접기 위해
날개가 필요한 새.
부리로 삼킨 별똥별이
발등의 각질이 되기까지
천 년이 더 걸릴 새.
알파국경에 머리를 두고
지구표면에 발목을 두고
포르말린 속 나비처럼
퇴화하지 못할 새.
카리브의 케찰*처럼
하늘에도 땅에도

천국이 없음을 눈치챈 새,

긴 다리를 접는 사이

지옥이 있음을 눈치챌 새

목덜미를 낮추는 사이

다른 새들이 날아가버릴 새

---

* 케찰코아틀(Quechalcóatl) : 상체는 새, 하체는 뱀의 형상을 하고 있
는 마야와 아스테카의 신.

간(間) 14

파슈파티나트(Pashupatinath) 사원을 끼고 도는 바그마티
강, 그 다리 옆 화장터에서 죽음을 맞이하는 산 자의 행
렬, 앞의 주검을 태우던 장작이 강 위를 부유하면 뒤의 산
자는 자신의 몸을 태우기 위해 타다 만 젖은 장작을 건져
내니, 산 자와 죽은 자의 차이는 마른 장작과 젖은 장작
반 개비 차이일 뿐.

내 뒤에 죽을 자가 타다 만 장작 쪼가리 하나 건지지 못
할 때 타다 만 내 주검이 그의 주검을 태울 젖은 장작이
되어도 좋을 아침, 손만 씻으려 수도꼭지를 틀건만 머리
위로 불보다 더 뜨거운 찬물이 쏟아진다

간(間) 16

새 한 마리 추적한다

그 새 60,000볼트 전선 위로 올라선다

220볼트도 못 견디는 내가 눈싸움을 걸어보지만

케찰코아틀의 신기(神氣) 서린 날개 퍼덕임에

내 수정체, 이내 가뭇해진다

다시 눈조리개에 힘을 준다

순간 그 새, 쿠바산 시가 연기처럼 들판 위로 풀어지고

난 급히 가슴속 동물도감을 펴야 한다

—기억력이 나쁜 새, 가끔 날개를 잊음……

용기를 얻은 난, 재삼 새를 쫓기 시작하고

우린 마악 길도 없는 뉴런 같은 골짜기로 들어선다

초점을 잃은 내 눈동자,

건전지가 다 돼가는 디지털카메라 줌렌즈처럼 바둥거
릴 때

그 새 저 너머 하늘에 마하의 길을 닦는다

난 새를 놓치지 않으려 기린처럼 목을 빼곤

주욱 꽁지를 추적한다

온갖 덤불들이 내 다리를 휘감고
온갖 벌레들이 내 몸통을 파먹어도
하늘을 향해 머리를 치켜든다
순간 그 새, 내가 하릴없이 제 뒤꽁무니 쫓음을 아는지
무지개색 날개를 접곤 총총걸음을 쳐준다
하지만 가파른 절벽……
'새는 자살할 때도 날개를 쭉 펴고 곤두박질쳐야 함'
그 새, 마침내 시조새의 유언을 실천에 옮기고
난, 떨어지고서야 비로소 날개 없음을 기억해낸다

소금쟁이

그를 만나기 전엔
그가 쟁이라는 것을 믿지 않았다
막연히 유전해오는 소금 부스러기를 이용해
마냥 물 위를 걷는 것이라 생각했다
하지만 그날, 피부보다 얇은 수면은 거울보다 단단했다
피보다 묽은 물의 단결력을 보여주려는 듯
밑을 받치고 있는 힘은 쉬 보이지 않는 법이라고
아편주사 바늘 같은 다리로 라스베이거스 마술사처럼
연신 수면을 찌르고 있었다
시퍼런 작두도 견뎌낼 것 같던 부드러운 물의 분자들,
소금기도 없는 그를 소금쟁이로 만들어버린 그 단단함
으로
논두렁에서 깨금발로 검정 고무신 한 짝을 찾아 헤매던
내 물러빠진 두 다리를 사정없이 후려치었다

네싸우왈꼬요틀*

38구경 리볼버가 미간을 오르내렸다
여섯 개의 총알이 빠찡고 기계 속처럼
빼곡 차 있었다
십 초를 준다 했다
9, 8, 7……
로켓 발사를 하듯 카운트다운이 시작됐다

눈꺼풀을 닫았다
돌이켜보면 내 사랑의 시제는
언제나 과거 아님 미래였다
돌아보면 사랑이었고
앞을 보면 사랑일 수도 있었다

순간 총알이 해바라기씨처럼 작아 보였다
사랑스레 흥정을 시작했다
삼분의 일만 가져가라고……

6, 5, 4······
셈이 빨라졌다
이젠 총알이 대포알처럼 보였다
삶과 죽음은 얇은 피부 한 장을 사이에 두고
속삭였다
난 순간 사랑한다고
지금 내 입에서 빠져나오는 '사랑'은
현재진행형이라고 달래었다

다시 총알이 치질좌약 정도로 보였다
더 사랑스레 흥정을 시작했다
이번엔 내가 삼분의 일을 갖겠노라 했다
그 순간 머리의 피가 폭포처럼
왈칵, 발등 위로 쏟아지는 느낌이었다
삶도 진행형이었지만 죽음도 진행형이었다
건전지의 남은 전류를 측정하듯
혀로 손등을 핥아보니

생은 하루분의 전자시계 바늘조차 못 돌릴 성싶었다
총알들이 으르릉
아슬아슬 묶여 있는 사나운 개처럼 덤벼들어
난, 고사상 돼지머리처럼
배시시 웃으며
조국의 최루탄 냄새 밴 가방만은 돌려달라 했다

돌아보면 사랑은 늘 그 자리에 없었건만
뒤돌아보지 말고 60보나 걸어라 했다
그렇지 않으면 골통을 날려주겠노라 했다
난, 기꺼이 아스테카의 왕
네싸우왈꼬요틀의 시를 60보나 읊으며
고대 왕국의 길을 터벅터벅 빠져나왔다

"……이 땅에서 영원히 머무는 건 아니네
옥(玉)으로 만들어도
금(金)으로 만들어도

깨지고 부서지는 법……
케찰의 깃털도 찢어지는 법
나, 네사우왈꼬요틀 묻노니
인간들이여,
나무처럼 돌처럼
영영 땅에다 뿌릴 내릴 순 없는가?"

가방엔 멀리 고향에서 부쳐온
고맙고도 미안한 사천 달러의 체취만이 살랑거렸다

* 네싸우왈꼬요틀(Nezahualcóyotl): 아스테카의 왕, 시인이며 철학자였
다. 멕시코시티 북서쪽 백여 킬로미터 부근에 그의 이름을 딴 위성도시가
있다.

107

방충망에 매달린 물방울

물방울 거죽을 찢고
정충(精蟲)처럼 머릴 흔들며 들어간다

멀리 궤도 밖에선
북두칠성의 국자 손잡이 떨어져나가는 소리,
궤도 안에선
철사눈금 사이에 낀 모기가
티라노사우루스처럼 울부짖는 소리,
덜컹덜컹 방충망을 긁으며
우주 통째로 떨어지는 소리에
혼절한다

흩어진 차가운 피를 끌어당겨
몸속 후미까지 따뜻한 피로 다시 채우는 심장,
왜 심장을 사랑의 징표라 일컫는지
눈코입만 그려진 회화적(繪畵的) 머리론
통 알 길이 없었다

이제 한 마리 젖은 병아리처럼

물방울을 터뜨리고 나올 땐 깨칠 것이다

사랑을 위해선 머리만을 묻어서도 안 되며

물방울보다 더 차가운 지구별에서의 부화(孵化)를 위해선

온 몸덩이가 발광해야 함을

유리의 바다

1

반송 우편처럼 돌아온 해변, 편지봉투 위의 스탬프 자
국 같은 발자국들을 세본다 수많은 사람들이 지나갔다
아니 한 사람이 수없이 지나갔다 발자국들이 자살을 위
해 벗어놓은 신발들처럼 가지런하다

2

사구(砂丘)엔 선명했던 눈물 자국들이 빛나고 늑골이
허옇게 파헤쳐진 수평선의 선분 조각들, 태생적으로 얕고
가벼운 죽음을 사랑했는지 손가락만 한 굵기와 깊이 속
에서 삶의 증거들을 뿜어댄다

3

페달을 밟는다 새끼의 주검을 안고 암벽을 오르는 어미
원숭이처럼 온몸을 굴려보지만 꿈속에서처럼 발이 묶인
다 바큇살이 살점 떨어져나가는 소리를 낸다 무한동심원
을 그리던 실루엣, 해변의 문양으로만 남는다
쨍그랑, 금이 간다 나의 바다, 유리의 바다

그날

— 나의 하늘을 위해(Para mi cielo)

우산을 접던 시절, 늑골까지 스며든 빗방울들
지하실 포도주처럼 느껴지던 날,
촉촉해진 알비노 눈알을 비비며
뇌신경외과 같은 건전이발소를 빠져나오면
고맙게도 고요한 밤, 거룩한 밤, 소시민적 밤이 되던 날,
―내려라, 내려라
모처럼 뚫린 내 심장이 폐광이 되지 않게 눈 감고 기도
하면
언덕 너머 성당의 마리아상 속눈썹에까지
싸락눈이 쌓이던 날

해설

이성혁　문학평론가

불길처럼 살아날 바오밥나무 씨앗

한국 독자에게 구광렬 시인의 이름은 그의 시보다는 올 초에 출간된 『체 게바라의 홀쭉한 배낭』의 저자로서 더 알려져 있을 것이다. 그 책은 체 게바라가 처형당하기 직전까지 갖고 있던 배낭 속의 노트—시 69편을 필사한—를 조명하는 내용으로, 죽음 직전까지 시를 품고 있었던 체 게바라의 모습을 보여준 그 책에서, 우리는 위대한 혁명의 이상은 위대한 시가 키워낸다는 것을 확인할 수 있었다. 그런데 왜 구광렬 시인은 체의 마지막 노트를 연구한 것일까? 그는 그 체의 노트를 통해, "시는 부동의 활자로만 존재하는 것이 아니라 살아 있는 생명체라는 것"(132쪽)을 입증하고 싶었기 때문일 것이다. 그 역시 자신의 마음에서 자라나는 시라는 생명체의 움직임을 뜨겁게 감지하는 시인이었기에, 시를 사랑한 체 게바라를 깊이 이해할 수 있었을 것이다. 시를 사랑하는 사람들은 인종과 이데올로기를 떠나 그들의 공동체가 있는 것이다. 그들은 생명체로서의 시를 품고 산다는 면에서 공통적인 것을 갖고 있다. 지금 독자의 손에 들려 있을 이 시집 『불맛』은, 시집 제목을 보면 예상할 수 있듯이 바로 구광렬 시인 자신 속에 살고 있는 생명체—시—가 발아한 양태를 구체적으로 드러내고 있다.

사실 그는, 한국보다는 중남미에서 더 널리 알려져 있는 시인이다. 그는 모국어인 한국어로도 시를 쓰지만 또한 스페인어로도 시를 쓰는, 이중 언어 글쓰기를 하는 시인이다. 그는 1986년 정식으로 멕시코 문예지를 통해 등단한 멕시코 시인으로, 2003년엔 멕시코 문협상을 받았을 뿐 아니라 2009년에는 브라질에 본부를 둔 21세기 문학예술인 연합회 문학상(시 부문)을 수상하기도 했다. 그의 한국어 시집인 『나 기꺼이 막차를 놓치리』(고요아침, 2006)의 해설에서, 멕시코의 시인인 세사르 베니테쓰가 구광렬 시인이 2개 국어로 시집을 출간한 데 대하여 "희귀한 경우가 아닐 수 없다. (중략) 무엇보다 시적 언어는 특히 전문성을 띠기 때문"이라면서 놀라고 있는 것은 당연한 일이다. 한 동양인이 그의 모국어와는 매우 다른 언어구조를 가진 스페인어로 빼어난 시를 썼다는 사실은, 멕시코 시인으로서 경이로운 일이 아닐 수 없었을 것이다. 그런데 이러한 업적에도 불구하고 구광렬 시인이 한국보다는 중남미에서 시인으로서 더 이름이 나 있다는 현실은 한국 시단이 국제적인 위상을 지닌 시인을 다소 홀대하고 있는 건 아닌가 하는 생각이 들게 한다.

그러나 또 달리 생각해보면, 그 현실은 그의 시가 한국 문단에서는 다소 이질적인 성질을 띠고 있기 때문 아닐까 여겨지기도 한다. 중남미 시에 대해 잘 모르는 필자의 입장에서 그 이질성에 대해 뭐라고 정확하게 말하기는 힘들다. 하지만 2002년에 출간된 시집 『밥벌레가 쓴 詩』의 "나는 색종이의 색을 보지 않고/바랜 종이를 보련다/나는 종이를 보지 않고/종이일 수밖에 없었던 나무들을 보련다"(「無題」 중에서)와 같은 구절들을 읽으면서 필자는 요즘 한국시에서 보기 힘든 단순성의 의미심장함을 느끼곤 했던 것이다. 그의 시들은 수사를 제거한 평범하고 단순한 구문을 통해 깊이 있는 시인의 사색을 담는다는 면에서 신선한 느낌마저 선사해주는 것이었다. 그 신선함은 하지만 이질적이고 낯설다는 인상을 주기도 했는데, 바로 스페인어로 시를 쓰고 한국어로 번역하거나, 한국어로 쓰고 스페인어로 번역하는 이중 언어적 시작(詩作)과 관련되는 것이 아닐까 조심스레 추측해본다. 또는 그 이질성은 이 시인이 주로 스페인어 시를 즐겨 읽는 이일 터여서 그 독서가 자연스레 시작에 반영되었기 때문일지도 모르겠다.

그런데 이제 곧 살펴볼 『불맛』에서는 그러한 이질적인 단순성의 깊이보다는 사회 비판적이고 지적인 시선이 좀 더 전경화되고 있다. 하지만 어떤 낯선 느낌은 사라지지 않고 더 강화된 감이 있다. 이 시집에는 난해한 시와 이해하기 쉬운 시가 같이 들어 있는데, 그 난해성은 근래 한국시에서 많이 시도된 분열적인 시작(詩作)으로부터 나오는 것이 아니라 어떤 혼종성(이질적 문화의 혼합 및 자연과 인간의 혼합)과 모더니즘적인 날카로움이 결합되기 때문에 생기는 것 같다. 이에 대해 부정적이라고 할 수는 없다. 『나 기꺼이 막차를 놓치리』에 실린 또 하나의 해설에서 우루과이 출신의 시인인 사울 이바르고옌은 "그가 중남미에서 이러한 독특한 이중 국어적 시작(詩作)을 계속한다면 곧 그의 상상과 글쓰기에 새로운 국면이 전개될 것이다"라고 말하고 있는데, 정말로 이 시집에서 구광렬 시의 새로운 국면이 전개되기 시작했기 때문에 일어나는 낯선 느낌일 수 있는 것이다. 그런데, "이중 국어적 시작"이 "상상과 글쓰기에 새로운 국면"을 가져오게 할 것이라는 이바르고옌의 말이 주목된다. "이중 국어적 시작"이 시인에게 어떠한 영향을 끼칠 것이기에 그렇게 새로운 국면을 가져오게 한다는 것일까?

그것은 단순히 시의 소재로서의 중남미 문화와 한국 문화를 결합시켰기 때문에 가능한 것은 아닐 터다. 이와는 달리 그러한 시작의 시도 자체가 시인에게 친숙한 세계(모국어의 세계)를 낯설게 보게 하고 그 낯선 세계(외국어로서의 세계)를 자신의 삶과 연결시키는 자세를 키워내기 때문이 아닐까. 사실 이 시집에 실린 시들을 통독해보면 그 시들에서 어떤 공통적인 특색을 발견할 수 있는 시들이 있는데, 그 특색은 친숙한 풍경을 낯설게 만들고, 낯선 풍경이 전개되면 이를 시인의 삶과 직접적으로 연결시키는 경향에서 찾아볼 수 있다. 가령, 그다지 이질적인 느낌을 주는 시는 아니지만, 방금 말한 경향을 보여준다고 여겨지는 아래의 시를 다시 읽어보자.

왜, 이리 미안할까
술에 전 내 창자를 풀기 위해
네 창자를 씹는 일이.
전생엔 너도 빈창자를 채우기 위해
서울역 앞 무료 국밥집을 어슬렁거렸을지도.
국밥 국물의 온기가 스러져갈 즈음
을지로입구역 칼바람을 끝내 못 이겨
빳빳 송장이 돼버렸을지도.
아름다워라,
잡아먹히기 위해 게걸스러웠던 네 영혼,
네 배 속은 죽어서까지 꽉 차 있구나
도시는 사람들을 꿀꺽 삼키곤
순대처럼 게워놓지

도마 같은 지하철역은
푸욱 삶긴 이들을 쓰윽 썰어
반대편 출구 쪽으로 던져버리지
난 그중 3번 출구로 퇴출되었던 너에게
숟가락질을 하고 있는 건지도 몰라
아니야, 난 내 전생을 씹고 있을 거야
난 전생에 네 먹이였던 서울식당들 잔반 속
한 가닥 비틀어진 콩나물, 물러터진 양파,
물기 빠진 숙주, 섬진강 모랫바닥을 파고들던
한 마리 재첩이었을 거야

—「돼지국밥을 먹으며」전문

   시인은 너무나 우리에게 친숙한 돼지국밥을 다른 풍경과 중
첩시켜 낯설게 만들고 있다. "술에 전 내 창자를 풀기 위해", 돼
지 창자를 씹으면서 시인은 역시 "서울역 앞 무료 국밥집을 어
슬렁거렸을지도" 모르는 노숙자의 창자를 연상한다. 그리하여
퇴출된 실업자, 노숙자들은 도살당한 돼지와 동일시되고 그들
의 삶을 폐기한 도시는 "사람들을 꿀꺽 삼키곤/순대처럼 게워
놓"는 도살장이 된다. 이러한 유비 체계에서 지하철역은 도마
다. 순대가 된 삶을 "쓰윽 썰어" 던져버리는 곳이 지하철역이다.
국밥집에서 돼지 창자를 먹으면서 시인은 국밥집을 살벌하게
펼쳐지는 도시적 삶의 알레고리로 낯설게 만들고 있는 것이다.
이는 시인이 시작 과정에서 사회 비평적인 모더니즘적 지성을
발휘하고 있는 것을 보여준다 하겠는데, 하지만 시인의 시선이
차갑지만은 않다. 시적 화자는 그 돼지 내장을 보면서 "아름다

워라"라고 감탄할 줄 안다. 그 돼지 내장에서 "죽어서까지 꽉
차 있"는, "잡아먹히기 위해 게걸스러웠던 네 영혼"을 발견하기
때문이다. 더 나아가 시적 화자는 "아니야, 난 내 전생을 씹고
있을 거야"라고 말하면서 저 노숙자들의 삶이 자신의 삶에 다
름 아니라는 것을 깨닫는다. 즉 낯설게 된 풍경은 곧 자신의 삶
과 직접적으로 연결되는 것이다. 그리하여 타인의 삶에 대한 따
스한 시선과는 달리, 역시 내장 같은 '나'의 전생을 "한 가닥 비
틀어진 콩나물"과 같은 것으로 시인은 겸손하게 인식하고 있다.

　이렇게 타인의 삶에 대해 인정하고 자신의 삶에 대해서는
낮추는 태도는 이 시집 전체에 스며들어 있다. 이는 세계와 마주
하고 있을 때 작동되는 시인의 윤리를 보여준다. 「돼지국밥을 먹
으며」와 비슷한 발상을 변주하여 보여주고 있는 「생선」은, 그러
한 시인의 윤리를 드러내는 시다. 이 시에서 생선 토막을 먹고
있는 시인은 "생선의 살점이 나의 살점이 되면/피부에선 바다
냄새 피어나고/목에선 살점의 살점이었던/해초나 작은 고기들
이 살랑거"린다고 말한다. 이에 따르면 뭇 생명들의 살들은 먹힘
을 통해 타자의 몸에서 자신의 존재를 이어나간다. 시적 화자 역
시 그 "이동하는" 살점의 회로 안에 있다. "어제 네 살점은/오늘
내 살점이 되고/오늘 내 살점은/내일, 또 다른 살점의 살점이"
된다는 것이다. 이에 대하여 시인은 "먹은 만큼 먹힘으로써만 갚
게 되는 빚"을, 자연이 베푼 생명의 이치와 은혜를 생각한다. 자
연은 "빌려준 적도 없는 그 빚을" "나에게 갚고 있"는 것이다.
살점의 사슬로 존재하는 자연의 삶에 대해 시인은 고마움을 표
시할 줄 안다. 이러한 마음이, 그 윤리가 저 살벌한 세상에서 어
떻게든 살아나가고자 하는 이들에 대한 따스한 시선을 만드는

것일 게다. 그러한 마음은 도시에 의해 파괴된 삶일지라도 또 다른 삶을 존재하게 하는 존엄을 갖고 있다는 인식으로 그를 이끌 것이기에 그렇다. 그래서 이 시는 시인의 형이상학적 인식을 보여주기도 한다. 생명과 생명은 죽음(먹힘)을 통해 이어지고 있다는, 단순하지만 깊은 인식이다. 「간(間) 14」가 그러한 인식을 구체적으로 형상화하고 있다.

> 파슈파티나트(Pashupatinath) 사원을 끼고 도는 바그마티 강, 그 다리 옆 화장터에서 죽음을 맞이하는 산 자의 행렬, 앞의 주검을 태우던 장작이 강 위를 부유하면 뒤의 산 자는 자신의 몸을 태우기 위해 타다 만 젖은 장작을 건져내니, 산 자와 죽은 자의 차이는 마른 장작과 젖은 장작 반 개비 차이일 뿐.
>
> 내 뒤에 죽을 자가 타다 만 장작 쪼가리 하나 건지지 못할 때 타다 만 내 주검이 그의 주검을 태울 젖은 장작이 되어도 좋을 아침, 손만 씻으려 수도꼭지를 틀건만 머리 위로 불보다 더 뜨거운 찬물이 쏟아진다
>
> ―「간(間) 14」 전문

파슈파티나트는 네팔에 있는 힌두교 최대의 사원이라고 한다. 시인이 말하고 있듯이 그 사원을 끼고 바그마티 강이 흐르고 있는데 힌두교도들은 그 강에 몸을 씻는 것을 소원으로 여기고 있다고 한다. 그리고 힌두교도들은 죽으면 그 강 위에서 장작불로 화장된다고 한다. 그런데 시인은 이러한 장례식에서, 산 자가 주검을 태우기 위한 장작 속에서 타지 못하고 젖어 있는 장작을 건져내어 나중에 자신이 죽었을 때 사용할 장작으로 삼

으려 하는 장면을 포착한다. 그리고 이 장면에서 "산 자와 죽은 자의 차이는 마른 장작과 젖은 장작 반 개비 차이일 뿐"이라는 성찰을 이끌어낸다. 역시 이 시에서도 시인은 그 성찰을 자신의 삶과 직접적으로 연관시킨다. 그는 자신의 주검이 타인의 장작이 될 수 있다면 좋겠다고 말하고 있는 것이다. 「생선」에서 '오늘의 내 살점'이 '내일의 또 다른 살점의 살점이' 되기를 시인이 원했듯이 말이다. 자신의 삶과 타자의 삶의 연결은 「돼지국밥을 먹으며」에서는 창자를 통해, 그리고 「생선」에서는 살을 통해 이루어졌었다. 그런데 여기에서는 주검을 태울 장작이 연결고리가 되고 있다. 이 시에서는 죽음 자체가 좀 더 전경화되고 있다고 할 수 있겠다.

그런데 그 죽음은 물리적인 죽음만을 이야기하고 있는 것은 아닐 테다. "손만 씻으려 수도꼭지를 틀건만 머리 위로 불보다 더 뜨거운 찬물이 쏟아진다"는 역설적인 표현은 일상 속에 일어나는 화장을 말해준다. 이 역설적인 표현에 대하여 타인의 삶을 태워줄 수 있는 장작이 되지 못하는 일상을 비꼬고 반성한다는 의미로 해석할 수도 있다. 하지만 저 "불보다 더 뜨거운 찬물"이 시인에게 어떤 각성을 가져온 것이라고 한다면, 그 각성은 자신 역시 저 삶과 죽음의 회로에서 하나의 장작으로 존재해야 한다는 뜻을 가지게 될 것이다. 그렇기에 저 각성의 찬물은, '나'라는 존재를 타다 만 주검으로 만들어줄 화장에 쓰이는 불이라고 볼 수 있다. 그런데 나를 태워 얻을 수 있는, 그리하여 타인의 삶을 태울 수 있는 장작은 시를 가리킨다고도 생각해볼 수 있다. 일상 속에서 화장되어 주검이 될 수 있는 삶이란 시를 쓰는 삶일 테다. 시란 자신의 존재를 태워 얻어내는 것일 테니

까 말이다. 그리고 그 불씨를 안고 있는 시는 타인의 삶 역시 태울 수 있는 장작이 될 수 있다. 삶을 태운다는 것, 죽인다는 것은 새로운 삶을 살기 위한 것이다. 화장하는 이유도 마찬가지일 테다. 화장은 저승에서의 삶을 새롭게 시작할 수 있도록 하기 위해 육신을 태우는 것이기에 그렇다. 그렇다면, 아래의 묵시적인 시에 등장하는 "나의 바다, 유리의 바다"는 바로 시의 세계를 가리키는 것으로 해석할 수도 있을 것이다. 그 시는 이 시집에서 무척 아름다운 이미지를 보여주고 있는 시이기도 해서 다시 읽어보고자 한다.

1

반송 우편처럼 돌아온 해변, 편지봉투 위의 스탬프 자국 같은 발자국들을 세본다 수많은 사람들이 지나갔다 아니 한 사람이 수없이 지나갔다 발자국들이 자살을 위해 벗어놓은 신발들처럼 가지런하다

2

사구(砂丘)엔 선명했던 눈물 자국들이 빛나고 늑골이 허옇게 파헤쳐진 수평선의 선분 조각들, 태생적으로 얇고 가벼운 죽음을 사랑했는지 손가락만 한 굵기와 깊이 속에서 삶의 증거들을 뿜어댄다

3

페달을 밟는다 새끼의 주검을 안고 암벽을 오르는 어미원숭
이처럼 온몸을 굴려보지만 꿈속에서처럼 발이 묶인다 바큇살이
살점 떨어져나가는 소리를 낸다 무한동심원을 그리던 실루엣,
해변의 문양으로만 남는다
쨍그랑, 금이 간다 나의 바다, 유리의 바다
— 「유리의 바다」 전문

"수많은 사람들이", "아니 한 사람이 수없이 지나"간 저 해
변에는 "자살을 위해 벗어놓은 신발들처럼 가지런"한, "스탬프
자국 같은 발자국들"이 수없이 찍혀 있다. '나'에게 저 바다 앞
의 해변은 알지 못할 번뇌에 휩싸이는 공간이면서 자살을 꿈꾸
고 실행할 수 있는 공간이다. 그런데 저 해변이 실제로 시인의
자살 충동을 불러일으켰던 공간일 수도 있겠지만, 앞에서 시도
한 「간(間) 14」의 독해와 연결시켜본다면, 저 해변은 시인이 시
를 쓰기 위한 공간을 의미한다고 생각해볼 수도 있겠다. 그렇다
면, 저 해변에서 시인은 실제로 자살할 것인가의 문제로 고민한
것이라기보다는, 반복해서 죽음을 경험해야 하는 시 쓰기에 대
한 고뇌라고 말할 수 있다. 그 고뇌로 인해 뿌려진 "눈물 자국들
이" 선명하게 빛나는 사구에서는, 시인이 사랑했던 "얕고 가벼
운 죽음"인 시 쓰기에 의해 "허옇게 파헤쳐진 수평선의 선분조
각들"이 "삶의 증거들을 뿜어"대고 있다.
그런데 3연을 보면 시적 화자는 "새끼의 주검을 안고 암벽을
오르는 어미원숭이처럼 온몸을 굴"리며 그 해변으로부터 벗어

나고자 "페달을 밟는다". 하지만 "꿈속에서처럼 발이 묶"이고 "바큇살이 살점 떨어져나가는 소리를" 낼 뿐, 그 바큇자국만 "해변의 문양으로만 남"게 된다. 이 부분 역시 위에서 행한 해석과 연결시켜 읽어볼 수 있을 것이다. 시를 하나의 주검이라고 할 수 있다면, 시인은 그 주검이 된 시를 안고 시작(詩作)의 공간, 꿈꾸기의 공간으로부터 나가고 싶어한다. 하지만 나갈 수 없다. 반대로 그 시작의 공간으로부터 나가고자 하는 몸부림의 흔적이 또 달리 쓰여질 시에 문양을 새기게 될 뿐이다. 그리고 그 문양은 "나의 바다, 유리의 바다"에 금이 가게 만든다. 이 구절에 대해 시와 현실 사이의 갈등과 시작 행위에 투입되는 죽음의 반복이 '유리의 바다'라는 시의 세계에 금이 가게 만드는 것이라고 해석해본다. 그렇다면 구광렬의 시에는 시작 행위 과정에서 생기는 시와 현실 사이의 갈등과 죽음의 고통이 '문양'으로서 표현되고 있으며, 그래서 금이 가 있다고 말할 수 있게 된다.

이렇게 「유리의 바다」를 구광렬 시인이 자신의 시에 대하여 총괄적으로 성격 규정을 하는 시로서 볼 수도 있겠다. 하지만, 물론 다르게 독해할 수도 있다. 저 해변을 시인의 정신적 고투가 벌인 드라마를 상징하기 위한 환상적 공간으로, 아니면 시인이 실제로 죽음과 마주하면서 고뇌에 빠졌던 실재 공간으로도 독해할 수 있는 것이다. 그런데 어느 쪽으로 독해한다고 해도, 이 시가 시인이 죽음에 대해 예민한 의식을 가졌다는 것을 드러내고 있음은 지워지지 않을 것이다. 저 해변이 시인의 정신세계이거나 시의 세계, 또는 실재 세계이건 간에 그곳에는 죽음에 대한 고뇌와 무관하지 않을 "늑골이 허옇게 파헤쳐진" "선분 조

125

각들"이 상처처럼 "삶의 증거들을 뿜어"대고 있는 것이다. 그런데 앞에서 보았듯이 시인에게 죽음은 결코 부정적인 것만은 아니다. 시인의 생각에 따르면, 삶과 삶을 이어주는 것이 죽음이기 때문이다. 선대의 죽음을 통해 후대 세대는 삶을 이어나갈 것이고 또 죽게 될 것이다. 생선의 살을 발라 먹으면서 시인이 얻은 깨달음이 바로 그러한 것이었다. 아래의 시에서는 그러한 사유가 좀 더 구체적으로 표명되고 있다.

집에선 제사를 자정 무렵 지낸다 제삿밥을 좋아하건만 잠을 못 참는 난, 제시간에 먹어본 적이 없다 눈보라 치는 어느 밤, 제삿밥보다 어머니가 더 고파 눈을 뜨며 기다린다 말로만 듣던 통금 사이렌이 울리고 대청의 괘종시계 바늘들이 하나, 둘 겹치고 어머닌 아슬아슬 그림자를 자르고 들어오신다

동동 구루무 냄새가 방 안을 채우기 시작하고, 저고리 고름이 풀리고, 젖무덤이 열리고, 살점들이 발리고 또 발리고

제삿밥보다 더 맛있는 당신을 이틀에 걸쳐 먹을 수 있는 운 좋은 날이건만 다 뜯어 먹히고 뼈다귀만 남은 당신의 굽은 등 속 얼음들, 따뜻한 아랫목에서도 쉬 녹질 않는다
　　　　　　　　　　　　　　　　　　―「제삿밥」 전문

아들은 제삿밥보다 어머니를 더 좋아한다. 어머니가 더 맛있기 때문이다. 어머니는 당신의 살점들을 아들에게 내어준다. 아들은 생선의 살점을 발라 먹듯이 어머니의 젖무덤에 파고들어

어머니를 먹는다. 살점들을 아들에게 다 뜯어 먹힌 어머니는 "뼈다귀만 남"는다. 어머니는 자신의 살점을 줌으로써 아들을 살린다. 즉 어머니는 아들에 의해 죽음을 당하면서 그 아들을 키워내는 것이다. 그런데 어머니의 "굽은 등 속"에는 "아랫목에서도 쉬 녹질 않는" 얼음들이 있다는 마지막 대목이 주목된다. 시인이 이 시에서 어머니의 죽음을 통해 삶과 삶이 연결되는 과정만 생각한 것이 아니라, 살점을 제공하며 사라져가는 어머니의 삶에 대해서도 시의 촉수를 대고 있기 때문이다. 즉 시인은 어머니가 아들을 위해 희생하는 삶을 살아가고 있지만 어머니에게는 녹지 않은 얼음이 있다는 것을, 즉 당신만의 삶이 있다는 것을 깨닫게 된다.

이 시집 3부는, 시인이 자신의 삶을 가능케 했던 가족의 삶에 대해 기억하고 이를 재의미화하는 시들로 구성되어 있다. 시인이 이들의 삶을 재조명하는 것은 자신의 삶의 뿌리—가족—를 재발견하고, 더 나아가 그 뿌리에게 자신이 받아왔던 '살점'의 빚을 자신의 살점—시—으로 갚기 위해서일 것이다. 사실, 개인적으로 3부의 시들이 가장 잘 읽힌다. 서두에서 이야기했던 구광렬 시의 낯섦이, 이 시들에서는 느껴지지 않기 때문이다. 그가 재생시킨 아버지, 어머니, 누나의 삶은 독자인 우리들의 기억과 공명하기 쉬운 친화력을 가지고 있는 것이었다. 우리들의 아버지와 어머니로부터 느끼게 되곤 하는 애틋함을, 시 속에 묘사된 시인의 가족들의 삶에서도 느끼게 되기에 그렇다. 물론 시인이 시에서 구체적으로 재생하고 있는 그 '뿌리들'의 삶은 무엇으로도 환원될 수 없는 유일무이한 것이다. 시인의 삶이 다른 누구의 삶으로 환원될 수 없듯이 말이다.

3부의 시들을 읽어보면, 시인은 그다지 유복하게 살지는 못했던 것 같다. 특히 「아버지의 입김」에서 시인이 가난한 유년기를 보냈으리라는 것이 암시되어 있다. "늘 뚜껑 달아난 도장"을 주머니에 가지고 다니시면서 시인의 아버지는, "열 마지기 정구지밭을 팔 때도", "살던 집에 신작로가 날 때도" 어머니 몰래 "도장밥 없이" 인감을 찍으셨다고 한다. 그래서 어머니는 지갑을 쌈지에 숨겨놓고 늘 굳게 닫아놓고 사셔야 했다. 그러나 아버지의 무분별함은 고쳐지지 않아서 인감을 부는 "아버지의 입김 앞에선 모두 다 생피를 흘렸"어야 했다고 시인은 말하고 있다. 아버지의 무분별로 인해 어머니와 형제들이 얼마나 고생했을지 짐작이 간다. 그러나 시인이 아버지를 비난하고자 이 시를 쓴 것은 아닐 것이다. 그와는 반대로 이젠 여유로운 마음으로 입가에 미소를 지으며 아버지를 기억하고 있는 어조를 보여주고 있다. 그렇지 않다면 이 시의 마지막 행인 "당신의 입김, 정말이지 희대의 도장밥이었다"는 유머러스한 표현도 쓰지 못했을 것이다. 그 표현에는, 그렇게 가족을 고생시킨 아버지라고 할지라도 그에 대한 정다움이 묻어나고 있다. 그런데 시인은 「흙맛」이라는 시에서, 비록 인감을 함부로 찍고 다니신 아버지이지만, 그의 그러한 삶을 개인 성품의 결함 문제로서가 아니라 착취받고 살아온 세계 민중의 전 역사와 연결시키고 있어서 주목된다.

　　　오밤중에 아버지 생고구마를 드셨네
　　　깎아 드시지 않고
　　　손바닥으로 쭈욱 훑으며 드셨네

늙은 쥐 한 마리 부실한 이빨로
천장 각목을 부질없이 쏠아대듯

해가 떠오르고
축축한 베갯잇에 흙가루가 뿌려졌었네
노릿한 속살보단 흙이 간처럼 배어 있던
붉은 껍질에 굴풋해하셨네

불면의 밤에, 만물을 영면시킨다는
흙을 드셨네
스페인 침략자들의 손에 열쇠가 쥐여지자
눈꺼풀을 닫지 못해 흙을 집어 먹던
남미 아라우카의 인디언 추장처럼

아, 흙들이 길을 내쳤네
달콤한 잠을 벼리시던 당신을 위해
오도독오도독, 군침이 맴도는 황토 오솔길

　　　　　　　　　　　　　　　　　—「흙맛」 전문

　　흙이 묻어 있는 고구마를 깎지 않고 즐겨 드시던 아버지의
모습이 묘사되어 있는 시다. 그 모습에서 시인은 "부실한 이빨
로" "천장 각목을 부질없이 쏠아대"는 늙은 쥐의 무기력함을 보
기도 하지만, 이내 아버지는 고구마보다는 "흙을 드셨"던 것이
라는 것을 깨닫고는 그 무기력한 겉모습이 사실 어떤 분노의 표
현이라는 것을 인식한다. 그 분노는 스페인 침략자들에 의해 땅

을 빼앗긴 "남미 아라우카의 인디언 추장"의 그것과 같은 맥락
에서 나온 것이다. 그 인디언 추장은 침략자들에게 빼앗긴 땅의
흙이라도 집어 먹어야 그들에 대한 분노를 조금이라도 삭일
수 있었던 것 같다. 아니면 그것은 흙을 먹음으로써 그들의 땅
을 잃지 않으려는 행위일 수도 있다. 인감을 함부로 찍어댔던
아버지의 행위는, 그가 교묘하게 부를 착취해가는 자본주의 논
리에 익숙하지 못했기 때문에, 즉 아라우카의 추장처럼 순진했
기 때문에 행해진 것이라고도 볼 수 있다. 신작로를 내야 한다
는 국가의 명령에 따라 살던 집을 아버지가 팔아야 했던 사실
역시 아라우카의 추장이 스페인 침략자들에게 땅을 빼앗긴 사
실과 그 성격이 크게 다르지 않다고 볼 수 있다. 무릇 국가권력
이란 제국주의적인 배제와 폭력을 통해 작동한다. 한 국가 내부
에서도 그러한 배제와 폭력이 일어난다. '용산참사'에서도 볼
수 있듯이, 원주민을 내쫓고 그 자리에 부유한 자를 거주하게
하는 데 국가권력이 사용되곤 하는 것이다. 그 원주민은 국가권
력으로부터 폭력적으로 추방된다.

　　시인의 아버지 역시 제국주의적 속성을 가진 권력에 의해
많은 것을 잃으셨을 것이라고 추측된다. 그래서 그 추장처럼,
땅을 빼앗긴 아버지는 흙 묻은 고구마를 깎지 않고 드셨을지도
모른다. 그런데 흙들이 이에 호응하여 아버지에게 "오도독오도
독, 군침이 맴도는 황토 오솔길"을 내주는 대목이 흥미롭다. 흙
이 맛있는 길을 내준다는 상상력은 남미 인디언의 상상력과 통
하는 것이 아닐까? 여하튼 이 시에서 가장 특징적인 것은 바로
아버지와 아라우카 인디언 추장을 연결시키고 있다는 점이다.
아버지와 추장 모두, 흙을 먹는 행위를 통해 착취받아온 사람들

의 분노를 표현한다. 그리고 이 행위의 공통성은 중남미 인디언의 낯선 역사와 낯익은 한국 민중의 슬픈 삶이 같은 운명이었음을 드러낸다. 여기에서, 한국어를 모국어로 갖고 있는 구광렬 시인이 스페인어로 시를 쓴다는 사실이 결코 어떤 여기(餘技)와 같은 것이 아니라는 것을 우리는 알게 된다. 시인에게 있어서 중남미의 역사는 바로 우리의 역사이기도 한 것이다. 이때 그의 이중 언어적 글쓰기는 좀 더 넓은 시야에서 두 지역의 삶을 동시에 사유하고 비출 수 있게 해줄 것이다.

이 시집에서 볼 수 있는 또 다른 특징 중 하나인 국제적 시야는 시인이 이중 언어 글쓰기를 전개하면서 착취받는 민중의 역사라는 공통성을 인식했기에 가질 수 있게 된 것이라고 생각된다. 그리고 그러한 인식 아래 시인은 「뉴욕 브롱크스 동물원」이나 「오, 아프리카」와 같은 시를 쓰게 되었을 것이다. 「뉴욕 브롱크스 동물원」은 "콩고 전쟁에서 아내와 애들을 잃고 미국으로 팔려와 관람객들에게 인간이 원숭이로부터 진화해왔다는 사실을 시청각적으로 보여주기 위해 뉴욕 브롱크스 동물원 원숭이 우리에/갇"힌 한 아프리카인의 독백 형식으로 쓰여진 시다. 그는 그곳에서 원숭이보다 못한 동물로 취급되어 "배설하는 모습까지 적나라하게 보여"주어야 했다. 이후 그는 동물원에서 나와 굴뚝 청소부로 취직되어 노동하게 되었으나 "원숭이우리 안에서도 느낄 수 없었던 정글의 법칙을 콘크리트 정글에서" 느끼고는 이에 적응하지 못해 권총 자살한다. 이 시는 사고하고 느낄 줄 아는 인격을 가진 한 사람을 동물로 취급하여 구경거리로 만들어버리는 백인 정복자의 잔인성과 야만성을 아이러니하게 드러내고 있다고 하겠다. 시인이 역사 속의 일화를 끄집어내어 이러한 비평적인 시를 쓴 것은, 한국에서나 중남미에서나 아프리카에서나, 어디에서나 공통적으로 벌어졌고 지금도 벌어지고 있는 제국주의에 의한 삶의 파괴를 환기하기 위해서일 것이다.

「오, 아프리카」에서 조명된 신문 속 아프리카인들의 사진 역시 그러한 공통성을 환기한다. 그와 동시에, 시인은 그들의 삶과 현재 한국에서 살고 있는 자신의 삶을 접속시킨다. 시인은 라면 끓이는 냄비 뚜껑 대신 올린 신문지 속의 "아이 같은 어른들이,/어른 같은 아이들이/서로를 보며 웃고 있"는 사진을 보게 된다. 그 사진에서 시인은 어떤 비애를 느끼는데 그들의 웃음이 "말기 암 환자가 세상을 향해 웃어주는/마지막 웃음 같"았기 때문이다. 그들이 말기 암 환자처럼 되어버린 것에는, 아프리카를 파괴했으면서도, "강냉이 서너 말쯤"의 원조만으로 자신들의 죄의식을 씻어내고 자신들이 마치 인도주의적인 시혜를 베푸는 높은 문명을 가졌다는 식의 이데올로기를 유포하는 서구의 책임이 크다고 할 것이다. 아프리카에서의 내전과 빈곤은 서구의 식민지였던 시기에 배태된 것이기 때문이다. 그래서 기아에 시달리는 아프리카에 대한 서구의 "밀가루 몇 포대" 쌓아주는 원조는 병 주고 약 주는, 이데올로기적 성격을 지닌다. 그리고 그러한 이데올로기가 아프리카의 체내에 번져가면서 아프리카인들을 무기력하게 만드는 암세포가 될 것이다.

그런데 이 시에서, 그 "라면 몇 가락의 칼로리로 하루를 때울/움푹 파인 얼굴들"이 "신문지 아래선/밤참까지 먹어야 잠자는" '나'에 대한 자기반성을 이끌고 있다는 점이 주목된다. 시인은 그 사진 속의 얼굴들을 바라보면서, 저기 벌어지고 있는 아프리카의 일들이 현재 '나'의 삶과 무관한 것이 아니라고 생각하게 되는 것이다. 이렇게 반성적으로 형성된 국제적 감각은 이 시집 첫머리에 실린 「바오밥」에서 좀 더 적극적이고 주체적으로 활성화되고 있다. 이 시는 반복해서 읽어도 좋은 절창이라고 생각되기에, 좀 길지만 전문 인용한다.

> 열대 아프리카의 나무가
> 온대의 내 가난한 정원에 뿌릴 내릴까 싶다가
>
> 신에 의해 최초로 만들어진 나무
> 수명이 오천 년이나 된다는 나무를 심는 일은
> 명주실 한 타래를 위해
> 끊어진 누에고치에 새삼 숨을 불어넣는 일과
> 깨져버린 꿈을 잇기 위해 삼가 눈을 감는 일
> 문드러져 사라져버린 지문을 다시 새기고
> 흐릿해진 손금에 새로이 먹을 먹이는 일
>
> 무엇보다 뵌 적 없는 조상에게
> 엄숙히 제(祭)를 드리는 일과 흡사하다는 생각이
> 잠자는 이마에 듣는 빗방울처럼 뚝뚝, 떨어져
> 오늘 그 바오밥나무 씨앗을 묻기에 이른다
>
> 그 씨앗,
> 찬바람 불고 눈 내리면 동동 얼어붙겠지만
> 지구의 온난화로 여름이 한 만 년쯤 될,

천 년 그 어느 끝자락 즈음
미이라 내장 속 과일 씨처럼 문득 싹을 틔워
다섯 장 흰 꽃잎 만국기처럼 흔들리고
죽은 쥐 모양의 열매 달랑, 고양이처럼 웃으면

가지보다 더 가지 닮은 나무의 뿌리는
지구별의 한복판을 뚫고 불쑥
반대편 이웃 정원의 나뭇가지로 솟아
남반구 북반구 대척점 사람들
모두 한나무에서 움튼 열매를 나누고
손자의 손자들은 집 한 채 크기 둥치에
대문보다 더 큰 구멍을 내
팔촌, 십이촌 한나무 한가족을 이룰 것이니

지난날, 강 저쪽을 망각해
도강의 꿈을 저버렸던 새 한 마리
뿌리보다 더 뿌리 같은 가지 위에 앉아
그 평화스러운 나눔을 지긋이 바라볼 때

그즈음
이 정원엔 눈이 내려도 좋을 것이다
씨앗을 쥐고 있던 내 손바닥, 화석이 되어도 좋을 것이다
                              ―「바오밥」전문

"수명이 오천 년이나 된다"고 하고 세계에서 가장 크다고 하

는, 열대 아프리카에서 신성시되는 바오밥나무의 씨앗을 시인은 "온대의 내 가난한 정원에" 묻는다. 그것은 "명주실 한 타래를 위해/끊어진 누에고치에 새삼 숨을 불어넣는 일과/깨져버린 꿈을 잇기 위해"서, "문드러져 사라져버린 지문을 다시 새기"기 위해서다. 이 진술을 바꾸어 말하면, 지금 이 세계는 전대의 삶과 유대가 끊어져 있으며 인류의 꿈은 깨져버렸고 지문으로 상징되는 특이한 정체성은 사라져버렸다는 뜻이 된다. 이러한 세계 속에서 바오밥나무 씨앗을 묻는 일은 꿈과 유대와 특이한 정체성을 "뵌 적 없는 조상에게/엄숙히 제(祭)를 드리"면서 다시 살려내는 일이다. 시인이 아버지와 어머니에 대한 기억을 추슬러 시화(詩化)한 것도 바로 바오밥나무 씨앗을 심는 마음으로 행한 것일 테다. 그런데 시인은 씨앗을 묻으면서 더욱 원대한 꿈을 꾸고 있다. 즉 시인은 "온대의 내 가난한 정원"에 심겨진 바오밥나무가 "지구의 온난화로 여름이 한 만 년쯤 될,/천 년 그 어느 끝자락 즈음"에서 "문득 싹을 틔워", "가지보다 더 가지 닮은 나무의 뿌리는/지구별의 한복판을 뚫고 불쑥/반대편 이웃 정원의 나뭇가지로 솟"는 장면을 상상하는 것이다. 그렇게 된다면 이곳과 이곳의 반대편은 바오밥나무를 통해 한가족처럼 지낼 수 있게 될 것이며 그리하여 인류는 "평화스러운 나눔"을 행하면서 살아나갈 수 있게 될 것이라고 시인은 몽상한다.

시에 따르면, 이러한 꿈이 황당하고 비현실적이라고만 할 수는 없다. 이 꿈을 비현실적이라고 생각하게 된 것은 인류가 "강 저쪽을 망각해/도강의 꿈을 저버렸"기 때문이기에 그렇다. 꿈을 저버린 인류는 꿈이 현실화될 가능성을 믿지 않는다. 그런데 시인이 자신의 책의 주인공으로 삼았던 체 게바라가 바로 그러한 꿈을 꾼 사람 아니었던가. 문제는 그 꿈의 비현실성이 아니라 인류가 그러한 꿈을 더 이상 꾸지 않는다는 데에 있다. 시인이 바오밥나무의 씨앗을 손에 쥐고 있는 것은 전대에서 꾸었던 꿈을 현재에도 이어나가고 싶다는 의지의 표명이다. 그 씨앗이란 바로 시를 가리킬 터임을 짐작할 수 있는데, 글의 서두에서 인용했듯이, 시인에 따르면 시는 "살아 있는 생명체"인 것이다. 그렇다면 이 시에서 시인은 생명체인 시가 자라나서 "평화스러운 나눔"의 세계를 만들 수 있으리라는 낙관적인 믿음을 보여주고 있다고 하겠는데, 이는 시에 대한 최고의 경의를 표하는 것이라고 할 수 있겠다.

물론 바오밥나무 씨앗은 그냥 자라나지는 않을 것이다. 표제작 「불맛」에서 구광렬 시인이 말한 바를 원용한다면, "불간이 잘 배어야 음식은 맛있는 법"이라며 "소금 대신 불구멍으로 간을 맞추"신 어머니처럼 "배 속의 불길"을 "활활 요원(燎原)으로 번지고도 남음"이 있어야 그 씨앗은 자라날 수 있을 것이다. 시「메르세데스 소사」에서, 그 불길의 의미를 시인은 구체적으로 형상화하고 있다고 생각한다. 그 시에서 시인은, 얼마 전에 별세한 아르헨티나 출신의 저항가수 메르세데스 소사의 노래에 대하여 골짜기에서 치솟는 바람 같다고 비유하고는, 뒤이어 그녀의 노래가 "입이 꽉 틀어 막힌 것들을 대신해 소릴 내"줌과 동시에, "목숨들을 불러 모아 또 한 번 신(神)의 얼굴로 풀어"낸다고 극찬하고 있다. 이 시인의 평가에 덧붙여, 우리는 그녀의 노래가 바오밥나무가 자랄 수 있게 할 불길을 들판에 퍼뜨리고 있는 바람이라고 말할 수 있겠다. 시인은 자신의 시 역시 '소사의 바람'처럼 되기를 바라면서 시작에 정진했을 테다. 그 과정에서 '불간'이 든 시들이 탄생하고, 이제 우리들이 먹기 좋게 여기 한 권의 시집으로 묶이게 되었다.

지금 이 시집은 또 다른 "배 속의 불길"을 번지게 하려고 '구광렬의 바람'이 되어 우리들을 향해 날아오고 있다. 그 바람을 맞이하면서 우리는 구광렬 시의 '불맛'이 어떠한지 다시 음미할 수 있을 것이다.

시
인
의
말

덜어내면 후련할 줄 알았는데
왜 이리 뒤숭숭하나.
시집이라고 내고 보니 또 주접을 떤 것 같다.
그 주접을 마다 않고 받아주신
고운 님들께 감사드린다.

—2009년 12월
　문수산 아랫마을에서 구광렬

실천시선 183

불맛

2009년 12월 14일 1판 1쇄 펴냄
2012년 7월 24일 1판 2쇄 펴냄

지은이   구광렬
펴낸이   손택수
주간   이명원
편집   이상현, 이호석, 박준
디자인   풍영옥
관리 · 영업 김태일, 이용희, 김가영

펴낸곳   (주)실천문학
등록   10-1221호(1995.10.26.)
주소   우121-839, 서울시 마포구 서교동 478-3 동궁빌딩 501호
전화   322-2161~5
팩스   322-2166
홈페이지   www.silcheon.com

ⓒ 구광렬, 2009

ISBN 978-89-392-2183-3 03810